토슈즈

?

무대 뒤에서

?

비상을 꿈꾸며

3월...집으로 가는 길

하모니

?

Dancing10

꿈의 여행

모정

혼돈...그리고 침묵

그녀가 꿈을 꿉니다

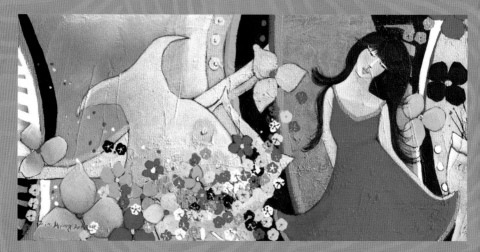

꿈꾸는 그녀

?

?

누구 시리즈 ②

캔버스에서 춤추는 아름다운 여자, 김형희 – **누구 시리즈 2**
김형희 지음

초판1쇄 발행 2016년 9월 20일

지은이 김형희
펴낸이 방귀희
펴낸곳 도서출판 솟대
등 록 1991년 4월 29일
주 소 서울시 금천구 서부샛길 606, 대성지식산업센터 b동 2506 - 2
전 화 02 - 861 - 8848
팩 스 02 - 861 - 8849
홈주소 www.emiji.net
이메일 klah1990@daum.net

제작 · 판매 연인M&B 02 - 455 - 3987

값 9,000원

ISBN 978 - 89 - 85863 - 58 - 2 03810

주최 (사)한국장애인문화예술단체총연합회
주관 리날레2 조직위원회
      사 한국장애예술인협회
후원 문화체육관광부   한국장애인문화예술원
      Korea Disability Arts & Culture Center

국립중앙도서관 출판시도서목록(CIP)

이 도서의 국립중앙도서관 출판예정도서목록(CIP)은 서지정보유통지원시스템 홈페이지
(http://seoji.nl.go.kr)와 국가자료공동목록시스템(http://www.nl.go.kr/kolisnet)에서
이용하실 수 있습니다.
                                        CIP제어번호 : CIP2016020827

2
누구 시리즈

캔버스에서 춤추는
아름다운 여자, 김형희

김형희 지음

꿈, 사랑, 도전 이것이 인생이다!
절망에서 희망으로 가는 아름다운 메시지

도서출판
솟대

캔버스 위에서
춤을 추다

"무용을 해서 그런지 앉아 있는 자세가 균형이 잡혀 있네요."

휠체어에 앉아 있는 모습이 예쁘다는 소릴 듣지만, 나는 매일 저녁 발목에 2kg 정도의 모래주머니를 달고 발목이 벌어지지 않도록 끈으로 묶고 좌우로 팔의 반동을 이용해 구르기를 2천 번씩 한다. 그래야 허리와 어깨에 힘이 더 많이 생겨 상체를 활용할 수 있기 때문이다.

어깨에 힘이 생겨 팔을 움직일 수 있게 되면 스스로 밥도 먹고, 양치질도 하고, 그림도 그리고, 임상미술치료사 일도 하고, 무엇보다 아내로서 엄마로서의 역할을 할 수 있기 때문이다.

나는 무대 위에서 자유롭게 돌고, 뛰고, 날아오르며 아름다운 몸짓의 움직임을 표현했던 무용수였다. 그러나 어느 날 나의 발은 멈췄다. 움직임의 생각이 몸으로 전달할 수 없는 병…… 척수 손상, 전신 마비 장애인. 꿈의 날개가 꺾이고 고통과 절망, 슬픔과 죽음의 생각들이 나의 머릿속에서 떠나지 않았다. 그러나 손가락 하나 내 마음대로 움직일 수 없는 전신 마비 장애인인 나는 죽음조차도 선택할 수가 없었다.

　나의 심연 속에서 작은 희망의 씨앗이 된 그림은 기억 저편, 무대 위의 자유로운 몸짓이 점, 선, 면이 되어 하얀 캔버스 위에서 자유로이 춤을 춘다.

　　움직임의 자유로움을 표현할 수 있다는 것은
　　아름다움의 축복이다.

2016년 9월

김형희

차례

왈가닥 소녀

...

빛나는 희망, 이것이 내 이름이다. 1970년 무더위가 시작되기 전인 6월, 나는 대전 선화동에서 귀여운 막내딸로 태어났다. 위로 남자아이가 둘이어서 부모님은 여자 아기의 탄생을 너무나도 기뻐하셨다. 나는 집안의 사랑을 독차지하며 어린 시절을 보냈다.

나의 어렸을 때 모습은 선머슴아 같았다. 오빠들 틈에서 자라 남자애처럼 행동했던 것 같다. 눈썰미가 좋아서 한번 간 길이나 한번 본 것은 쉽게 잊어버리지 않고 기억을 잘 해서 똑똑하다는 소리도 많이 들었다.

그렇게 세월이 흘러 나는 초등학생이 되었고 내 주변에는 항상 친구들이 많았다. 사람들과 어울리는 것을 좋아하는 성격이라 학교에 갔다 와서 늦게까지 동네 골목에서 아이들과 뛰어다니면서 놀았다. 마치 골목대장이나 되는 듯 친구들을 몰고 다녔고, 우리 동네에 개척교회가 있었는데 그 교회에 아이들을 모두 데리고 가서 교회 목사님께서 좋아하셨다. 또한 교회에 행사가 있을 때면 늘 나를 무대에 세우셔서 나는 찬양과 무용을 도맡아하면서 예술적인 끼를 키우게 되었던 것 같다. 이렇듯 나는 아주 활동적이고 적극적이어서 눈에 띄는 아이, 한마디로 왈가닥 소녀였다.

그 당시 우리 집은 아버지, 어머니 모두 직장에 다니셔서 외할머니께서 우리 집 살림을 맡아 해 주셨다. 우리 할머니는 딸만 여섯이다. 그중에서 우리 엄마는 넷째 딸인데 엄마는 무용을 전공하셨고 교직에도 계셨었다. 한마디로 그 당시 여자로는 엘리트셨다.

그런데 할머니는 큰오빠에게 많은 정성을 쏟으셨다. 오빠가 밤늦은 시간까지 공부를 하면 기다리고 앉아 계시다가 라면을 정성스럽게 끓여 주었고 새벽에 일찍 일어나셔서 오빠를 깨워 아침을 먹여 학교에 보내시곤 하였다.

그 이유는 큰오빠는 항상 공부만 했고 늘 전교에서 1등을 도맡아해서 우등상장을 받아와 할머니께 기쁨을 드렸기 때문이다. 그런데 더 큰 이유는 할머니가 딸만 두셨기 때문에 아들을 낳지 못한 한이 있어서 손자를 더 귀하게 여기셨던 것 같다. 그때 나는 할머니가 오빠와 나를 차별한다는 생각이 들어서 투덜대기도 했고 심통도 부렸다.

그러던 어느 겨울날 할머니께서 김장을 하려고 배추를 사서 들고 언덕길을 내려오시다가 미끄러져 넘어지셨다. 괜찮다는 할머니의 말씀만 믿고 병원에 가지 않았는데 점점 상태가 안 좋아지셔서 병원으로 옮겨 약 1주 정도 치료를 받으셨는데 그만 돌아가시고 말았다. 어린 나는 병원에 가 보지 못했지만 그 소식을 듣고 믿어지지가 않았다. 할머니 말을 잘 안 들었던 것만 생각하면 할머니께 미안한 마음에 혼자서 많이 울었던 기억, 그것이 내 인생에서 처음으로 죽음이라는 것을 알게 한 계기가 되었다.

무용을 시작하다

...

    어머니께서는 나를 피아노 학원에 보내 주시고 미술학원도 보내 주셨지만 한두 달 다니면 흥미를 잃고 그만두었는데 무용학원을 보냈을 때는 꾸준히 신이 나서 다녔다고 한다. 그래서 어머니께서 무용이 적성이 맞다고 생각되어 초등학교 때부터 꾸준히 무용을 시켜 주셨다.

    중학교에 들어가서는 신체조 반에 들어가 열심히 하였다. 아무튼 나는 몸으로 하는 것을 좋아했고, 신체조하는 것을 지켜보셨던 체육 선생님의 권유로 예술고등학교에 무용을 전공으로 진학하게 되었다. 그리고 대학도 무용학과로 정하고 3년 동안 하루에 8시간 이상 현대무용의 기초와 작품 연습, 그리고 입시 공부까지 열심히 했다. 그 결과 성균관대학교 무용학과에 당당하게 합격을 했고 내 꿈에 한발 더 다가섰다는 기쁨에 가슴이 벅찼다.

초등학교 시절 공연, 세종문화회관에서

예술고등학교 시절 발표회 후 단짝 친구들과

대학 시절
청춘을 만끽하다

...

　입시 지옥에서 벗어나 자유를 만끽하며 내가 하고 싶은 것은 뭐든지 다할 수 있다는 꿈에 잔뜩 부풀어서 나의 대학 생활은 시작이 되었다. 나는 1학년 초기에는 무용 연습과 공부보다는 친구들과 어울리기에 더 정신이 없었다. 신입생 환영회, 체육대회, 축제 등 여러 행사를 즐기며 어린 시절 꼬마 친구들과 골목을 휘젓고 다녔듯이 캠퍼스를 누비며 낭만을 만끽하며 지냈다.

　그렇게 한 학기가 끝나갈 무렵 나는 문득 몸이 많이 둔해졌다는 느낌이 들었다. 매일 무용 연습을 하다가 수업 시간 외에는 무용을 하지 않는 것을 몸은 알고 있는 듯, 연습을 다시 시작해야겠다고 마음먹었다. 그리고 내가 무용을 얼마나 사랑하고 무용가로서 얼마나 성공을 하고 싶어 하는지 내 마음을 스스로 확인하면서 나의 미래에 대해 고민하기 시작했다. 대학에서 무용을 전공했다고 모두 훌륭한 무용가가 되는 것도 아니고, 무용가로 명성을 얻기까지 얼마나 많은 노력과 희생이 필요한지 실감해야 했다.

　그러던 중 교회 언니의 소개로 직업 무용단의 최 선생님을 만나게 되었고 간단한 오디션을 보고 방과 후 그곳에서 무용단원들과 함께 연습을 할 수 있게 되었다. 동양의 상체의 부드러움과 서양의 하체의 기술적인 테크닉을 겸비한 최 선생님의 춤은 매우 파워풀하여 마음에 들었다.
　나는 프로무용단 춤꾼들의 정열적인 연습을 따라가느라 한여름 무더위에도 더운 줄 모르고 춤에 몰두, 춤 맛을 느끼며 춤을 익혀 갔다. 최 선생님의 지도 방법은 기존의 틀을 깨는 시도였고 나는 그것이 좋았다. 정말 흥미롭고 진지했다. 계속되는 연습을 통해 나는 춤을 추는 이유를 조금씩 알게 되었고, 춤을 더욱더 사랑하게 되었고, 정말 원 없이 춤을 추었다.
　나는 아직 학생이라 정식 무용단원은 아니었지만 늘 같이 연습을 해왔기 때문에 해마다 한두 차례씩 대학로 아르코 대극장에서 공연에 참가하게 되었는데 학생인 나에게는 정말 큰 행운이었다.

　공연을 마치고 무용단원 모두 한 달간 미국으로 연수를 가게 되었고, 나도 함께 갈 수 있는 기회가 되었다. 새로운 나라의 문화와 생활을 체험하고 그곳에서 직접 춤을 배워 볼 수 있다는 것은 정말 큰 경험이 되었다.

대학 시절 무용단 공연, 아르코대극장에서

패션쇼, 하얏트 호텔에서

추억의 가족사진

어렵게 공부한 대학원 졸업사진

대학을 가기 위해 추었던 춤, 그러나 동작 하나하나에 의미를 부여한 춤, '왜?'라는 의문에서 시작되어진 움직임들은 나를 고민하게 만들었고, 새로운 경험들은 또 다른 춤의 울림으로 다가왔다. 나는 이런 과정을 통해 나의 춤이 조금씩 성숙되어 감을 느끼며 정말 열심히 잘 해야 한다는 책임감이 생겼다.

키 174cm, 몸무게 53kg, 무용으로 다져진 몸매라서 모델에 적합하다고 판단한 모델 언니 덕분에 나는 방학을 하면 아르바이트로 모델 활동도 하였다. 모델이라는 직업도 정말 매력적이었다. 화려한 조명 아래 무대 위에서 멋진 옷들을 입고 많은 관객 앞에서 런웨이를 워킹하며 포즈를 취한다는 것, 정말 순간적인 짜릿한 즐거움이었다. 아마 나는 무용을 하지 않았더라면 모델이 되기를 희망했을지도 모른다. 나는 그렇게 하고 싶은 일들도 많았고 또 하고 싶은 일들은 기회가 주어져서 꼭 할 수 있게 되었다.

그렇게 대학 3년을 많은 경험을 하면서 무척이나 바쁘게 생활하다 보니 하루하루가 지루하거나 지겹다고 전혀 느끼지 못했다. 그렇게 나는 나의 삶을 언제나 긍정적이고 적극적으로 보냈기 때문에 그때 그것을 해 볼 걸 하는 후회도, 미련도 없다. 그 당시 나에게 많은 일들을 해 볼 수 있는 기회가 있었던 것이 큰 행운이었고, 원 없이 춤을 추며 몸짓의 아름다움을 표현할 수 있어서 행복했다.

유난히 아름다운
푸른 하늘을 보다

...

1992년 3월, 대학교 4학년 졸업반으로 여러 가지 진로 문제로 내적 갈등을 하고 있을 때였다. 그해의 3월은 유난히 하늘도 푸르렀고 아름다웠다.

늘 나의 생활에 얽매여 고개만 들면 보고 느낄 수 있었던 하늘이었는데…… 그날따라 그런 감정을 느낄 수 있었다는 것은 아마도 나에게 일어날 사건을 예감이나 한 듯하다.

그날은 이상하게 여러 가지 일들이 엇갈렸다. 현대무용 수업도 휴강이 되었고 안양 아파트로 이사 와 집들이로 엄마 친구분들이 오시기로 되어 있었는데 갑자기 연기되었다. 그래서 나는 집에서 한가하게 시간을 보내고 있었다.

그때 얼마 전 우연히 만난 고등학교 동창한테 전화가 왔다.

"어머! 형희야, 마침 집에 있었네. 우리 만나자. 잘 됐다. 정말."

고민이 있다고 좀 들어 달라는 것이었다.

조금은 나가기가 귀찮고 싫었지만 뿌리칠 수가 없어서 만나기로
했다.

　방배동의 한 카페에서 만나 이야기를 들었지만 내가 도움을 줄 만한
일이 아니었다. 그런데 조금 있으니까 그녀의 남자 친구가 나왔고, 얼
마 후 나는 집에 가기 위해 자리에서 일어났다.

먹구름,
천둥소리를 듣다

...

"야, 형희야. 내가 데려다 줄게."

"아냐, 우리 집 안양이잖아. 버스가 더 빨라."

"기집애, 너 나 때문에 나왔는데 내가 데려다 줘야지."

그녀는 남자 친구가 가지고 온 차를 자기가 운전하겠다고 했다. 그런데 그녀는 운전면허를 취득한 지 1달밖에 안 된 초보운전이라 약간은 불안했고 나는 왠지 타고 싶은 생각이 들지 않아 그냥 좌석 버스를 타고 가겠다고 손을 흔들며 정류장 쪽으로 가고 있었다. 그런데 그녀가 뛰어와 나의 팔을 잡아당기며 데려다 주겠다고 강력히 권유하는 바람에 할 수 없이 차에 올라탔다.

그렇게 방배동을 빠져나와 사당동을 지나 남태령 고개를 넘어 검문초소를 지났다. 그리고 200~300m를 지났을까 차가 좌우로 흔들리자 당황한 그녀는 브레이크를 밟는다는 것이 액셀을 밟아 차가 튕겨져 나가 중앙 분리대를 들이박고 말았다.

우리는 속수무책이었다. 마침 지나가는 택시기사가 우리에게 다가왔다. 자동차 앞좌석에 앉아 있던 두 친구는 걸어서 택시에 옮겨 탔지만 뒷좌석에 있던 나는 기사 아저씨에 의해 옮겨질 정도로 중상이었다. 뒷좌석에 기대 앉아 가는데 몸의 중심을 잡을 수가 없었고 얼굴 이외에는 아무런 감각도 느낄 수가 없었다.

그렇게 이리저리 흔들리면서 안양의 어느 병원 응급실로 들어갔다. 이름과 전화번호를 물어보는데 나는 너무나도 또렷하게 대답해 주었다. 큰 외상으로 피가 철철 흐르지도 않고 묻는 말에 대답도 잘 하자 나는 응급실에서 방치되었다.

잠시 후 아버지와 어머니가 달려오셨다. 부모님을 보는 순간 눈물이 왈칵 쏟아졌다. 그동안 나는 침착한 척하고 있었지만 사실은 너무나도 무서웠다. 아프다는 말 한마디 못한 것은 아프지 않았기 때문이 아니라 내 말을 들어줄 사람이 없었기 때문이었다. 너무나 막막한 시간이었다.

부모님은 너무나 놀라서서 당황하는 빛이 역력했다. 어머니 목소리가 가늘게 떨리고 있었다.

"선생님, 우리 애 어떤가요?"

어머니는 절박하게 물었지만 의사는 서울의 큰 병원으로 옮기라는 처방 아닌 처방을 내렸다. 그때 시간은 밤 12시를 넘어가고 있었고 앰뷸런스를 구하기가 어려워 여기저기 알아보느라고 한동안의 시간이 흘렀다. 그러다 어렵게 서울 신촌세브란스병원 응급실로 이송되었는데, 그 당시 큰오빠는 신촌세브란스에서 인턴을 마치고 군의관으로 복무

중이었고 큰오빠의 친구 의사가 와서 진찰을 하더니 신경 손상으로 매우 위험한 상태였기에 신경의학 전문인 영동세브란스병원으로 가라는 것이었다. 그래서 또 그 새벽길을 달려 영동세브란스병원에 도착하니 새벽 3시. 거리에서 이리저리 끌려다니는 동안 내 목뼈 속의 경추신경은 한 가닥씩 끊겨 나가고 있었다.

나의 몸은
수리에 들어갔다

...

큰오빠 친구 의사가 미리 연락을 해 준 덕분에 응급실로 들어가니 의료진들이 준비하고 기다리고 있어서 빠르게 치료를 받을 수 있었다. 누워서 여러 검사를 받았는데 목뼈가 부러지면서 중수신경을 건드려 사지 마비가 오게 되었고 부러진 뼈를 맞춰야 한다는 것이었다.

그때부터 침대에 누워 계속 X-ray를 찍으면서 뼈 맞추기를 했지만 손상이 심해서 수술이 결정되었다. 그날 아침 나는 11시간 동안이나 수술을 받았다. 목뼈 5, 6번이 으스러져서 골반 뒤의 뼈를 떼어 내서 목뼈에 이식하는 큰 수술이었다. 나의 몸은 로봇처럼 보수공사를 하고 있는 것이었다.

그렇게 수술은 끝나고 나는 의식 없이 중환자실로 옮겨졌다. 시간이 얼마나 흘렀을까 내가 눈을 뜨니 금방 수술을 마치고 의식 없는 환자들이 내 옆에 누워 있었다. 그리고 중환자실 밖에서는 나의 가족들과 나를 면회 온 사람들로 시끌벅적하다는 느낌이 들었다.

중환자실 면회는 하루에 두 번밖에 되지 않았지만 많은 친구들과 교회 분들, 그리고 학교 교수님들이 면회를 기다리고 있었다. 나는 그때까지도 아픔이라는 통증을 느끼질 못했기에 내 상태를 그렇게 심각하게 받아들이지 않았다.

중환자실에 있으면서 온 신경이 머리로 집중되어 정신적으로 무척 고통스러웠다. 중환자실은 밤, 낮이 없는 곳이라 잠도 제대로 오지 않고 계속해서 바뀌는 환자들, 또 여기저기서 아프다고 간호사를 불러 대는 소리로 아수라장이었다.

나도 호흡이 잘 되지 않아 산소호흡기를 착용하고 있었다. 입안은 다 헐어 침을 삼키기 고통스러웠고, 머리와 얼굴은 가려워서 견딜 수가 없었다. 간호사 언니를 불러서 도움을 청하고 싶어도 목을 수술하여 목소리조차 나오지 않았다. 정말 순간순간 인내가 필요했다. 내 스스로 마음을 가라앉히고 나의 모든 상황들을 받아들이려고 노력을 하지 않으면 정말 미칠 것 같은 심정이었다.

하루에 두 번 가족들 얼굴을 보는 것이 가장 큰 낙이었지만, 나 때문에 점점 초췌해지는 부모님께 너무나 죄송해서 괴로웠다. 나는 하루라도 빨리 일반 병실로 나가고 싶었다. 마침 9일째 되는 날 그렇게 악몽 같은 중환자실에서 일반 병실로 옮겨지게 되었다.

드라마에서 병원 입원 장면이 나오면 나도 저렇게 낭만적인 입원을 해 봤으면 좋겠다고 상상만 했을 뿐, 세상에 태어나서 병원이라는 곳에 입원을 한 것은 처음이었다. 그것도 맹장 같은 가벼운 수술이 아닌 이렇게 어마어마한 사고로 이런 곳에 누워 있다는 사실이 두렵고 무서웠다. 하지만 난 이럴수록 더욱더 정신을 차려야 한다는 생각이 들었고 내 주변의 사람들을 위해서라도 애써 참으면서 강한 모습을 보이려고 노력했다.

그렇게 만물이 소생하는 활기찬 3월에 싱그러운 나무 향기가 가득한 학교 캠퍼스가 아닌 소독 냄새로 찌든 병원에서 나의 투병 생활이 시작되었다.

또 한 번의
죽을 고비를 넘기다

...

    나는 6인실에서 여러 명의 환자들과 함께 지냈다. 간병인 아주머니도 구했다. 내가 중환자실에 있는 동안 어머니는 나와 같은 환자들의 가족을 통해 많은 정보를 얻어 척수 환자에게 무엇이 필요한지 많이 알고 계셨다. 욕창이 생기지 않게 공기 침대도 사야 했고 대소변 처리를 위해 필요한 도구 등 이것저것 준비해야 할 것들이 너무도 많았다.

    다행히 나 같은 환자들을 많이 경험해 본 좋은 간병인 아주머니를 만나서 처음 병원 생활은 무난하게 시작되었다. 나는 나를 면회 오는 사람들을 만나느라고 나의 상태를 고민해 볼 여유도 없이 한 달이라는 시간을 흘려보냈다.

    아침에 눈을 뜨면 혼자서는 조금도 움직일 수가 없다는 사실을 하루하루 인식해 가면서, 바로 옆 침대 환자의 얼굴도 보지 못하고 천정만 쳐다보면서 이런저런 이야기를 나누고 있자니 서글픔에 나도 모르게 눈물이 주르륵 흘러내렸다. 내 손으로 눈물을 닦을 수가 없어서 울지 않으려고 했지만 가슴 밑바닥부터 치솟아 오르는 울분이라서 막을 수가 없었다.

그런데 엎친 데 덮친다고 나와 같은 환자들이 다 맞는다는 주사인데 나에게만 부작용이 일어났다. 처음에는 손가락과 몸 군데군데가 빨갛게 반점이 생기더니 하루하루 지나면서 온몸으로 퍼지며 열이 오르기 시작했다.

주치의에게 여러 번 이상증상을 얘기했는데 계속 두고 보자며 방치하다가 갑자기 열이 40도를 넘으며 심해지자 1인실로 옮겨 격리시키고 피부과 치료를 시작했다.

'스티븐 존슨'이라는 주사 부작용은 치사율이 60%로 피부가 빨갛게 부어오르고 물집이 생기면서 꼭 화상 입은 것처럼 피부에 물집이 생기면서 손톱, 발톱이 모두 빠지고 온몸의 피부가 벗겨져 심각하고 아주 위험한 상태였다.

그런데다 수술한 뼈가 붙지 않은 상태여서 몸을 움직이지 못하니 치료하기가 더욱 힘들었다. 한번 치료를 하려면 6~7명의 의사와 간호사들이 필요했고 모두 멸균된 옷으로 갈아입고 치료를 했다.

치료 방법은 별다른 것은 없었고 물집이 생겨 피부가 자꾸 벗겨져 세균이 감염되지 않게 멸균된 분무기에 소독약을 넣어 온몸에 뿌리고 화상연고제를 바르고 백열전등으로 말리는 화상 치료처럼 하였다.

치료를 받는 나 또한 온몸이 불에 타는 것 같은 고통 때문에 진통제로 살았고, 통증이 너무 심해 몸의 떨림이 턱으로 전해져 이가 위 아래로 계속 부딪쳐 혀를 자꾸 깨물어 위험했기 때문에 거즈를 양쪽 어금니로 물고 치료를 받았다.

하루에 2번…… 정말 악몽 같았다. 열이 40도를 오르락내리락, 정신도 멍해지고 살고 싶다는 의욕도 점점 상실되어 가고 있었다.

"엄마! 나 이젠 더 이상 견딜 힘이 없어! 나 그냥 보내 줘."

"형희야! 사랑하는 사람한테는 그렇게 말하는 거 아냐. 너 엄마 사랑하잖아. 엄마도 너, 너무너무 사랑해. 그러니까 엄마하고 끝까지 견뎌 보자!"

엄마의 확고한 의지가 힘이 되었다. 엄마는 하루에도 몇 번씩 병원에 있는 기도실에서 간절히 기도를 하셨다. 어느 날은 기도실에서 올라온 엄마 얼굴에 두 줄기의 눈물 자국이 빨갛게 나 있었다. 피눈물을 흘리며 딸의 고통을 함께 겪고 있는 엄마의 모습을 보며 나는 다시 한 번 삶을 향해 최선을 다해 보고자 마음먹었다.

사투를 벌이며 일주일을 버텼다. 조금씩 열이 가라앉았다. 죽을 고비를 넘겼다고 부모님께서 좋아하셨다. 그 고비를 넘기자 어이없게 병원 천장에 피자, 치킨, 군만두, 떡볶이, 도너츠 등 평소 다이어트 때문에 먹지 못했던 음식들이 둥둥 떠다녔다.

"뭐, 먹고 싶은 거 없어?" 가족들이 계속 물었다.

죽다 살아나자마자 식욕이 왕성해진다는 것이 수치스러워 고개를 저었다. 그러면 가족들은 걱정스러운 표정을 지었다.

"많이 먹어야 피부가 재생된데… 식욕촉진제 처방이……."

물집이 터지고 그곳에 새살이 돋아나게 만드는 단계가 되자 식욕촉진제를 처방했던 것이다. 뜬금없이 식욕이 생긴 것이 약 때문이었다. 그때부터 나는 열심히 먹었다. 먹는 것이 치료였고 그 상황에서 나는 치료를 위해서는 못할 일이 없었다.

두 달 정도가 지나자 온몸을 덮고 있던 까맣게 탄 피부가 낙엽처럼 바싹 말라서 우수수 떨어졌다. 그때의 고통은 미치도록 가려운 것이었다. 손을 사용할 수 있었다면 박박 긁었을 텐데…… 나한테는 그것도 허락되지 않았다. 가려움증도 피부가 타는 고통 못지않았다.

"엄마, 거울 좀 줘 봐."

"거울은 왜?"

"그냥… 보구 싶어서……."

"안 봐도 이뻐."

엄마는 이상하게 거울을 보여 주지 않았다. 거울 얘기만 하면 엉뚱한 핑계를 댔다. 그러던 어느 날 X-ray 촬영을 하다가 기계 렌즈에 비춰진 내 모습에 소스라치듯 놀랐다. 내 얼굴이 아니었다. 몸무게가 60kg이 넘을 정도로 뚱뚱보가 되어 있었다.

"엄마, 나 왜 이렇게 뚱뚱해졌어?"

"뭐가 뚱뚱해. 보기 딱 좋구먼."

"살은 나중에 빼도 돼."

부모님은 나를 위로해 주셨지만 완전히 변해 버린 내 모습이 너무 끔찍해서 나는 당장 식욕촉진제를 끊었고 매일 거울을 보며 과거를 회상했다. 참 우울했다.

그러나 치료의 고통 속에서도 기적과 같은 일들이 생겼다. 사고 당시 목 수술로 인해 목소리가 나오지가 않아서 성대가 있는 목 앞쪽 수술을 한 번 더 하기로 하였으나, '스티븐 존슨' 병 치료를 하면서 너무 아파서 소리를 지르다 갑자기 목소리가 틔어 수술이 필요 없어졌다. 사실 그 목 수술은 많은 위험이 따르는 것이었다. 성대를 잘못 건드리면 영원히 목소리가 나오지 않아 언어장애가 생길 수도 있었는데 그 위험을 벗어나게 된 것이다.

그렇게 나는 또 한 달이라는 시간들을 독방에서 보내고 2인 병실로 탈출하게 되었다. 치사율이 60%가 넘는 '스티븐 존슨' 주사 부작용이 나타나 치료된 사례가 처음이라고 외국의 제약회사 담당자들이 나와서 살펴보며 치료가 잘된 것이 정말 기적 같은 일이라고 놀라워했다 한다.

이제는 조금씩 앉는 연습을 위해 누워서 타는 휠체어에 앉기 시작했다. 하늘이 보고 싶었다. 사투의 시간에서 벗어나 하늘을 볼 수 있었다. 그때 내가 본 하늘의 느낌은 예전의 느낌이 아닌 또 다른 하늘이었다. 같은 하늘일진데 내가 처한 상황에 따라 하늘이 달라 보였다. 하늘이 참 푸르렀다. 하늘이 참 눈부셨다. 하늘이 참 아름다웠다. 그래서 나는 더욱더 초라했다.

갈등 속에서
각오하다

...

　어둡고 긴 죽음의 터널을 목숨을 걸고 빠져나왔다. 그 터널에 갇혀 있을 때는 그곳 탈출이 목표였다. 그래서 뒤도 돌아보지 않고 뛰었다. 하지만 막상 죽음의 늪에서 빠져나오니 내 앞에는 전신 마비라는 더 큰 문제가 내 인생을 가로막고 있었다. 앞으로의 삶에 대한 많은 생각들이 나를 외롭고 괴롭게 만들었다.

　다시 돌아온 6인실에는 나보다 한두 달 먼저 이런 상황을 겪은 환자와 보호자들이 한마디씩 하는 말에 가끔은 웃음을 짓기도 했지만 그 웃음 뒤에는 소낙비처럼 흐르고 있는 눈물이 나를 뒤흔들었다.

　나는 내 현실을 인정할 수가 없었다. 어떻게 나에게 이런 일이 생길 수 있는 걸까…… 너무 싫었다. 너무나도 잔인했다. 이 모든 것이 꿈이기를 간절히 바랬다. 하루에도 몇 번씩 시간을 되돌려 상상했다. 그날 휴강을 했어도 학교에 갈걸, 엄마 친구가 안 오신다고 했을 때 엄마랑 쇼핑이라도 나갈걸, 그러면 친구 전화를 받지 않앗을 텐데…… 아니 친구가 나오라고 했을 때 다른 약속이 있다고 할걸, 아니 친구가 차를 태워 준다고 했을 때 완강히 뿌리칠걸…….

모든 것을 되돌리고 싶었다. 아침에 눈을 뜨기가 싫었다. 현실로 돌아가는 것이 두려웠다. 이 상황을 피할 수 있는 방법만 골똘히 생각하며 죽음을 떠올렸다. 그러나 누군가의 도움 없이는 물 한 모금도 마실 수 없는 내 처지에서는 죽음 또한 선택할 수 없었다. 나에게는 죽음도 사치였다. 아무것도 할 수 없다는 생각에 분노와 좌절, 반발심으로 마음이 병들어 가고 있었다. 나는 내 자신이 변해 가는 것이 두려웠다.

나는 이렇게 변했지만 부모님은 전혀 변함이 없으셨다. 사고 전이나 사고 후나 똑같이 당신의 귀여운 막내딸이고, 휠체어를 타고 있으나 뚱보가 되었으나 똑같이 예쁘다고 하셨다. 부모님들은 내가 살아난 것만으로도 기쁘고 하나님과 의료진에게 살려 주셔서 고맙다는 말만 되풀이하셨다.

그 모습을 보니 오히려 부모님이 더 불쌍했다. 딸은 죽을 생각만 하고 있는데 그런 딸을 살려 주었다고 머리를 조아리는 부모님이 너무 가여웠다. 그래서 어차피 죽지 못할 거라면 다시 한 번 더 열심히 살아 봐야겠다고 새로운 각오를 하게 되었다. 부정적인 마음을 긍정적인 생각으로 바꾸라고 나를 타이르며 희망을 주입시키려 애를 썼다.

꾀부리지 않고 열심히 재활 치료를 받기로 다짐했다. 보란 듯이 다시 일어서리라는 오기가 생겨 마음이 급해졌다. 그래서 병원을 옮겨 재활 치료를 본격적으로 시작했다.

물리치료, 작업치료, 일어서기 등등. 열심히 하면 다시 정상적으로 회

복될 것이라고 나 스스로를 위로하며 치료에 매달렸다. 여러 가지 치료들을 받으면서 많은 인내와 마음의 수양이 필요했다. 작업치료실에서 블록 쌓기를 하는데 내 의지대로 블록이 잡혀지지도 않았고 잡아도 들어 올리는 순간 뚝 떨어졌다. 다시 아기로 돌아간 내 처지가 절망스러워서 큰소리로 울고 싶었지만 울지도 못했다. 내가 울면 나를 지켜보시는 부모님 마음은 얼마나 아프실까……

다시 마음을 고쳐먹고 밥이라도 혼자서 먹을 수 있도록 만들자는 목표로 마치 올림픽에 출전하는 선수처럼 훈련에 매진하였다. 그런데 이번에는 엉덩이에 욕창이 생겨 또다시 침대에 누워 욕창 치료를 하게 되었다. 전신 마비에게는 과도한 훈련도 허용되지 않았던 것이다.

그렇게 시행착오를 반복하면서 시간은 흘러 9개월 만에 나는 퇴원을 하게 되었다. 집에 간다는 즐거움보다는 병원에서는 환자지만 병원을 나서면 1급 최중증장애인으로 살아가야 한다는 사실이 공포스러웠다. 인정하고 싶지 않았다.

다른 모습으로
집에 돌아오다

...

나는 내가 집을 나가던 그날이 너무도 생생하게 기억이 난다. 그날은 유난히도 맑은 날이었고 그때 내 나이는 23살, 한참 피어오르는 꽃처럼 너무도 싱그럽고 아름답게 살아가던 청춘이었다.

그날은 너무도 평범하게 청바지에 모자 달린 점퍼를 입고 간단하게 화장을 하고는 금방 돌아올 생각으로 아무런 부담 없이 총총 뛰어서 나갔던 그 길을 아버지가 뒤에서 밀어 주시는 휠체어에 의지해 돌아왔다. 그때 내 나이는 24살이었지만 몇 십 년이 지난 것 같았다. 너무나 많은 고통을 겪어서 그런지 늙어 버린 기분이었다. 아니 두 다리가 아닌 휠체어로 살아가야 하는 현실이 이미 내 청춘을 앗아갔다는 것을 알고 있었기 때문이리라.

"형희야, 이제 여기가 네 방이야."

부모님께서는 넓은 안방을 내 방으로 옮겨 꾸며 놓으셨다. 환자용 침대, 재활 치료 도구, 장애인에게 필요한 보조장비…… 내 책상, 내 옷장, 내 화장대……

예전에 내가 쓰던 가구들에 낯선 장애인 용품들…… 방에 들어가는 순간 갑자기 눈물이 앞을 가렸다. 내가 장애인이 되어 돌아온 모습이 비참할 정도로 싫었다. 슬펐다.

"아빠, 언제 또 이런 걸 만드셨어요!"

아버지는 병원에서 치료하는 기구들을 눈여겨보셨다가 손수 나무를 깎아서 치료 도구들을 만들어 놓으셨다. 아버지는 별 말씀이 없으셨지만 딸이 조금이라도 나아져서 예전처럼 밝게 살아 주기를 원하고 계셨던 것이다.

나도 하루 빨리 현실을 인정하고 적응해서 나의 또 다른 삶을 다시 만들어 가야 한다는 것을 잘 알고 있었다.

집에 오니 병원 환경과 달라서 모든 생활 방식을 새롭게 익혀야 했다.

밥 먹기, 세수하기, 양치하기 등등…… 힘들었지만 한 가지씩 방법을 찾아가며 성공할 때마다 '아, 되는구나.' 하며 자신감이 생겼다.

"어, 잘 하는데." 부모님도 칭찬해 주셨다.

별것도 아닌 것에 칭찬을 받는 내 자신이 한심하면서 그런 칭찬이 힘이 되었다. 난 집에 돌아와서도 병원에서처럼 운동 스케줄을 짜서 그 계획대로 실천했다.

아침에 눈을 뜨자마자 운동을 시작했다. 내 운동에는 엄마, 아빠의 보조가 필요했기에 세 식구가 하루 종일 운동을 하며 보냈다. 중간중간 나 혼자 있을 때는 무용 동작을 만들어 보기도 하였지만 될 리가 만무했다. 생각대로 움직일 수 없는 나의 몸을 보며 울고 또 울었다.

나의 운동 이야기

...

    끊어진 신경 덕에 아무리 머리에서 신호를 보내도 아무런 반응을 보이지 않는 굳어 버린 나의 몸을 조금이라도 움직일 수 있도록 본격적으로 재활 계획을 세워 실천했다.

    오전 7시 30분─물과 우유를 마시고 아빠가 '다리 관절운동'을 해 주셨다. 관절운동은 움직이지 못하는 다리를 타인이 관절마다 움직여 주어서 굳거나 석회질이 끼는 것을 방지하기 위한 것으로 매일 2~3회 정도 해 주어야 하는 매우 중요한 운동이다.

    오전 8시─관절운동이 끝이 나면 '서 있는 운동'을 한다. 스탠딩테이블이라는 기구로 누워서 무릎, 배, 가슴을 묶은 다음 세운다. 혈액순환과 신진대사를 원활하게 하고 다리의 근육 빠짐과 골다공증도 예방하며 어지럼증과 발 뒤의 아킬레스건의 수축을 방지한다.

    나는 더 많은 아킬레스건의 이완을 위해서 앞 발가락 부분을 높여 주게 따로 발판을 만들어서 사용하였다. 서 있는 시간은 20분~1시간 정도가 적당하며 척수장애인인 경우 기립성저혈압으로 서 있을 때 어지럽거나 속이 울렁거리는 증상이 나타나기도 하는데 이럴 때는 빨리 각도를 내려야 한다. 만약 그냥 놔둘 경우 서서히 앞이 보이지 않고 의식을 잃을 수도 있어 매우 위험하다.

오전 9시 30분─세수를 하고 나서 아침 식사 후 약간의 휴식을 취한 후 '작업치료'를 한다. 그 당시 나는 손도 팔도 쓸 수가 없어서 밥도 먹여 주어야 했고, 세수나 양치 등 모두 일상생활이 타인의 손에 의해서 이루어졌다. 그래서 팔의 힘을 키우기 위해서는 작업치료를 해야 했다.

쟁반에 수건을 깔고 콩을 흩어 놓은 다음 그것을 손가락으로 한 개씩 집어서 그릇에 담는 콩 줍기, 홈이 파져 있는 나무에 길쭉한 나무를 끼워 넣기, 나무 조각을 바닥에서 집어 올려 머리 위의 상자에 담기 등을 매일 하였다.

이런 운동 덕분에 숟가락 보조기를 사용하여 혼자서 밥을 먹을 수 있게 되었지만, 처음 숟가락 보조기를 사용했을 때 손목에 힘이 없어서 밥을 뜨면 입으로 가기도 전에 다른 곳으로 날아가 버리는 웃지 못할 일도 있었다.

그래서 팔의 힘을 더 키우기 위해 모래주머니를 손목에 감고 팔운동을 하여 팔 힘을 키워 갔고, 타이어 고무줄 잡아당기기로 팔과 몸통의 힘을 키웠다. 모든 운동이 그렇겠지만 꾸준히 하니 팔에 힘이 많이 생겼다는 것을 실감할 수 있었고 음악을 틀어 놓고 내가 춤을 춘다는 상상을 하면서 하니 운동하는 것이 지루하지 않고 더 힘이 났다.

이렇게 휠체어에 앉아서 하는 운동을 하고 나면 오후 1시가 넘는다. 그러면 약간의 간식을 먹으면서 휴식을 취했다. 그리고 컴퓨터 키보드 연습을 하였다. 손글씨를 쓰기 어려웠기 때문에 컴퓨터가 필수였다. 무엇보다 내가 하루하루 뭔가를 하면서 살고 있다는 흔적을 남기고 싶어서 매일 일기를 써야겠다는 생각이 들었다. 그리고 인터넷을 하면서 세상과의 소통을 시작하였다. 인터넷을 통해서 많은 일들을 할 수 있었다. 컴퓨터 무료 강좌로 컴퓨터 활용 능력을 키웠다. 꼬박 1년이라는 시간을 밤을 새워 가면서 독학한 결과 하나하나 나의 집, 홈페이지가 완성되어 가는 기쁨은 장애를 잊게 해 줄 정도로 컸다. 나의 또 다른 인생을 설계하는데 인터넷이 결정적인 역할을 하였다.

오후 6시—저녁 식사를 마친 후에 아빠와 다리 관절운동과 서 있는 운동을 간단히 하고 나서 방바닥에 매트를 깔고 매트 운동을 하였다. 좌, 우로 구르기는 말 그대로 팔과 어깨의 반동을 이용하여서 좌, 우로 왔다 갔다 2,000개 정도 구르는 운동이다. 이 운동은 어깨와 허릿심도 키워 주지만 장운동도 잘 되어서 배변 활동에도 많은 도움이 되었다.
처음에는 혼자서 구르고 뒤집기가 안 되어서 옆에서 조금씩 밀어 주든가 한쪽 다리를 반대쪽 다리로 올려서 잘 뒤집어질 수 있도록 도와주었지만 나중에는 혼자서도 할 수 있게 되었다.

다음 단계는 누워 있는 자세에서 일어나 앉는 운동인데 경수 5, 6번이 하기에는 매우 힘든 운동이다. 예전에는 아무 생각 없이 자연스럽게 이루어지던 행동들이 이제는 나의 몸이 허락하는 움직임의 한계에서 방법을 연구해야 한다. 수천 번 실패 끝에 나는 옆으로 몸을 틀어서 일어나는 방법을 터득했다. 앉기에 성공했다고 끝이 아니었다. 몸의 중심이 잡히지 않아서 고꾸라지기 일쑤였다. 앉아서 몸의 중심잡기 훈련이 필요했다. 일어나 앉아 양 팔을 옆으로 벌려서 몸의 중심 잡는 연습을 하였다. 이 운동은 허리의 균형감각을 키우는 운동으로 휠체어에 앉았을 때 좀 더 안정적이고 균형 있게 된다.

앉는 일에 성공한 후 나는 침대에서 휠체어로, 휠체어에서 침대로 옮길 때 약간의 보조로 나 스스로 옮기는 연습을 했다. 일명 슬라이딩 보드 옆에 끼고 엉덩이 옮기기이다. 처음에는 이 동작이 안 되었지만 몸의 중심이 생기고 팔의 힘이 생기니 가능해졌다.

이 동작에 성공하기 전에는 침대와 휠체어로 옮길 때 아빠와 엄마가 함께 들어 옮겨야 했는데 몸무게가 늘기도 했지만 전신 마비의 몸이라 축 늘어져서 건강했을 때보다 더 무겁다. 나이 드신 부모님께 힘든 일이기도 하지만 엄마, 아빠 중 한 분만 안 계셔도 옮기지 못하니 부모님은 늘 나를 위해 대기 상태였다. 그것은 부모님에 대한 구속이나 나의 구속이기도 하였다. 모두의 자유를 위하여 나는 슬라이딩 보드 옆에 끼고 엉덩이 옮기기 동작은 정말 열심히 훈련하였다.

이외에도 재활운동은 끝없이 많다. 자기 몸 상태에 따라 응용해서 몸에 익히면 스스로 할 수 있는 일들이 하나씩 늘어나 일상생활에 적응이 된다. 장애를 벗어던질 수 없다면 장애를 빨리 수용하고 다른 사람에 게 도움을 받는 횟수를 줄여 가면서 자유를 찾는 것이 소위 전문가들 이 말하는 '재활(rehabilitation)'이다.

독서는 내 마음의
재활 치료가 되다

...

나는 사고 후 과거, 현재, 미래에 대하여 굉장히 많은 생각들을 하게 되었다. 머리가 터질 정도로 많은 생각들로 시간을 보냈다. 그 생각들을 어떻게 실천해야 할지 또 어떻게 정리해야 할지…… 생각은 많지만 누군가의 도움 없이는 행동으로 옮길 수 없으니 그것 때문에 또 생각을 해야 했다.

머릿속에서 뱅뱅 도는 생각들로 미칠 것 같았다. 누군가에게 이야기할 사람도 없었다. 그래서 생각을 멈추기 위해 책을 보게 되었고, 책 속의 한 구절이 나의 뇌와 가슴을 멈추게 했다.

'죽음에 이르는 병은 절망' 철학자 키에르케고르의 메시지가 가슴에 꽂혔다.

—그래! 절망하면 나는 더 망가질 거야.

시시때때로 찾아오는 절망을 뿌리치고 희망을 붙잡으려면 육체적인 재활보다 정신적인 재활이 먼저, 더 강해져야 한다는 사실을 깨달았다.

그 후 독서는 내 마음의 재활 치료가 되었다.

　모든 것을 새롭게 시작해야 하기에 무에서 유를 창조하는 마음으로 작은 것부터 하나씩 실천해 나가기로 결심했다. 그리고 정말 죄송스럽고 미안하지만 나의 곁에는 자신들의 삶도 포기한 채 24시간 내 곁에서 손과 발이 되어 주시는 부모님이 계셨다. 내가 원하는 모든 것을 적극적으로 지지해 주시는 부모님이 계시니 뭔가 새롭게 시작해 보자고 마음먹었다. 그렇게 엉킨 실타래처럼 복잡한 생각들을 하나씩 풀어나가다 보니 결론이 내려졌다. 그리고 내가 가야 할 방향을 서서히 알게 되면서 나는 조금씩 내 삶에 희망과 자신감이 생기기 시작했다.

재활을 위해
그림을 시작하다

...

병원에서 그림을 하는 장애인을 알게 되었다. 그림을 함께하자는 권유를 받았지만 사실 나는 그림에는 소질도 관심도 없었다. 초등학교 미술 시간 외에는 그림을 그려 본 적도 없었고 전시회에 가서 그림을 감상하는 취미도 없어 거절했다.

"형희야, 그림을 그려 보면 어떨까?"

큰오빠가 중도 장애인들이 재활 치료를 위해 스포츠 활동을 하거나 그림을 그린다는 얘기를 듣고 나한테 권하였다. 큰오빠 생각은 팔운동을 무작정하는 것보다는 붓을 들고 그림을 그리다 보면 팔운동도 되고 정서에도 도움이 된다고 권해 주었고 가족들 모두 내가 빨리 뭔가에 집중해서 변화된 삶에 적응하기를 바라는 눈치였다.

재활 치료 열심히 하면 3년쯤 지나 무대 위에서 다시 춤을 출 수 있을 텐데…… 그저 팔의 힘을 키우는 재활운동 삼아 그림을 시작해 보기로 했다.

그림의 '그' 자도 모르는 내가 혼자서 그림 공부를 할 수 없었다. 그 래서 장애인 화실에 일주일에 두 번씩 나가게 되었고 작은오빠가 매달 학원비를 내주었다. 붓을 잡을 수 없어 붕대로 붓을 손목에 묶어 와트 만지에 형태를 그리고 물을 물감에 섞어 풀어서 색칠하는 연습을 하였 다. 그렇게 3개월 정도 했더니 '수채화'라는 그림을 그릴 수 있게 되 었다.

그때 옆에서 그림 그리는 사람들은 '테라핀'이라는 기름 냄새를 풍 기며 정말 화가처럼 그림을 그리는 모습이 너무 멋지고 부러웠다. 나 도 빨리 저렇게 그리고 싶었다. 얼마 지나지 않아 나도 '유화'를 그리 기 시작하였다. 수채화보다는 붓에 힘이 많이 필요했지만 양감을 표현 할 수 있어서 그림이 훨씬 무게감 있어 보였다. 나는 조금씩 그림에 흥 미가 생겼고 그림을 그리는 작업이 즐거워졌다. 무엇보다 그곳에서 장 애인들과 교류를 하면서 이런 고통이 나뿐만이 아니라는 것에 위안을 받기도 하였고 나보다 먼저 경험한 사람들의 삶의 경험담들을 들으면 서 앞으로의 나의 삶을 설계하기도 했다.

그렇게 나는 집에서 혼자만의 세상에 살다가 1994년, 그림을 통해서 또 다른 세상을 알게 되었다.

그런데 3개월 정도 화실에 나가다가 문제가 생겼다. 아버지께서 화실 에 데려다 주셨는데 그곳이 2층이라 휠체어를 들고 올라가야 하기 때 문에 지나가는 사람들의 도움을 받아 올라가곤 하였다. 그러나 그것 도 한계가 있고 또 아버지께서 많이 힘들어하셔서 화실에 나가는 것을 그만두게 되었다.

　그래서 나는 집에 작은방 하나를 화실로 만들어서 그곳에서 혼자 그리고 싶은 그림들을 그리기 시작했다. 혼자 하려고 하니 너무 지루하고 또 지도하는 사람이 없어서 무엇을 어떻게 해야 할지 막막했다. 그러다 보니 그림을 그리지 않는 날들이 많아졌다.

　문득 이러다가는 아무것도 안 되겠다 싶어서 의식적으로 하루에 2~3시간은 붓을 잡아야겠다고 마음먹고 그림 그리기 전, 먼저 음악을 틀어 놓고 내 몸이 움직일 수 있는 범위에서 나름대로의 동작을 하며 몸을 풀었다. 마치 무용수들이 춤추기 전 몸을 푸는 느낌으로…… 그리고 캔버스 앞에 앉아 '무엇을 표현할까?' 머릿속으로 구상하기 시작했다.

　그리고 하얀 캔버스에 무언가를 완성하려고 집중했다. 그러나 미술에 대해 문외한인 내가 독학을 한다는 것은 쉬운 일이 아니었다. 우연히 책꽂이에 있는 무용 잡지책을 보게 되었고, 나는 다시 무대 위에서 춤을 추는 상상을 하며 캔버스에 무용수들을 하나, 둘씩 그리기 시작했다. 캔버스에 무용수들이 완성되어질 때, 마치 내가 안무를 한 듯 내 춤이 화폭 위에서 환상적으로 펼쳐지고 있었다. 너무나 황홀해서 한동안 처다보다 보면 잡념이 사라지고 우울함 대신 작은 기쁨이 채워졌다. 그리고 잠시나마 행복했다.

　처음에는 붓을 손목에 붕대로 묶어서 그렸고 팔에 힘이 없어서 오랫동안 팔을 들고 그리지 못했지만, 그림에 빠져들면서 팔이 아픈 것도 모르고 작업에 몰두하게 되면서 나도 모르는 사이에 팔에는 힘이 많이 생겨 있었다.

제1회 개인전 준비 중

내 작품의 관람객은 늘 옆에서 도움을 주시는 나의 부모님이셨다.

"우리 형희 이제 화가네. 화가! 안 그래?"

"화가가 네 길이었나 보다. 무……."

무용이 내 길이 아니라는 말을 하려다가 멈춘 것은 혹시 아직도 내가 무용에 대해 미련이 남아 마음 아파할까 조심하는 부모님을 보니 오히려 내가 더 죄송스러웠다.

그렇게 나는 그림을 통해서 육체적으로 힘도 많이 생겨났지만, 정신적으로도 많이 강해지면서 화가의 꿈을 꾸고 있었다. 그래서 본격적으로 그림 공부를 시작해야겠다고 마음먹었다.

화가가 되려면

...

혼자서 그림 공부를 시작하려니 막막했다. 주변에 그림을 하는 사람이 없어서 조언을 구할 수도 없었다. 그래서 인터넷을 통해 미술 사이트와 여러 동우회 등을 돌아다니면서 그곳의 글이나 그림들을 감상하면서 나름대로 미술에 대한 지식을 넓혀 가기 시작했다.

그러다 우연히 한 동우회에서 미대에서 조각을 전공하는 한 친구를 알게 되었다. 나는 이메일로 내 사정을 이야기했더니 그 친구가 내 미술 공부를 돕고 싶다는 답장이 왔다. 나는 한 달에 한 번 함께 전시회를 관람하자는 제안을 했다. 가장 궁금한 것이 전시회였다. 실제로 가서 그림도 보고 전시회 분위기도 느끼고 싶었다.

그 친구는 흔쾌히 허락했다. 그 친구는 처음부터 장애인에 대한 편견이나 거리감 없이 나를 많이 배려해 주며 편안하게 대해 주었다. 그는 자기 자동차를 운전해 안양까지 와서 나를 태우고는 전시회도 보고 서점에 들러 미술 서적도 추천해 주었다. 그림에 대한 이야기, 미술에 대한 이야기, 또 미대생들의 생활 에피소드 등등 많은 얘기를 들으며 미술 세계에 대한 간접 경험을 할 수 있었다. 나는 그 친구와 많은 전시회를 찾아다니면서 현대미술의 흐름과 개념, 또 재료나 기법들에 대해 많은 것들을 알게 되었다. 그 친구가 졸업을 앞두고 여러 가지 일로 바빠지게 되어 더 이상 전시회를 다닐 수 없게 되었지만, 1년 동안의 전시회 관람은 미술에 눈을 뜨게 되었고, 세상에 다시 나올 수 있게 용기를 준 고마운 은인이다. 그 친구 이름은 유별남이다. 당시는 대학에서 조각을 전공했지만 요즘은 사진작가로 유명하다. EBS TV '세계테마기행'에서 세계 여러 나라를 여행하며 소개하는 방송인이기도 하고 '길에서 별을 만나다' 등의 책을 낸 저술가이기도 하다. 요즘도 내 개인전시회에 초대장을 보내면 바쁜 시간 중에도 찾아와 축하를 해 준다.

그 후 나는 한동안 전시회 관람을 가지 못하게 되면서 또 다른 방법을 찾아야 했다. 한 지인에게 현대미술을 하시는 작가 한 분을 소개받아 한 달에 한 번씩 집으로 방문하셔서 그림 이야기를 하게 되었다. 그 분은 오실 때마다 미술 서적이나 철학책 한 권씩 권해 주셨고, 나는 그 책들을 구해 읽으며 미술의 역사와 미술에 대한 철학적 관념 등에 대해 좀 더 깊이 이해할 수 있게 되었다.

나는
장애인 화가인가

...

장애인 화가들은 대부분 장애를 갖게 된 후에 그림을 시작하게 된 경우가 많다. 그때 부딪히는 가장 큰 어려움은 미술교육을 체계적으로 배우기가 매우 어렵다는 것이다. 대부분 미술학원들이 소형건물 3층이나 4층에 위치해 있고 엘리베이터가 없어 계단으로 이동해야 한다. 또한 개인지도는 수업료 부담이 커서 교육받기가 매우 어렵다.

그러나 20년이 지난 요즘은 장애인 화가들도 많아 본인이 원한다면 도움을 요청할 수도 있고, 문화센터에서 저렴하게 배울 수도 있고, 장애인단체에서 진행하는 많은 아카데미 교육을 통해서 배울 기회가 많아졌다. 하지만 내가 미술을 시작할 때만 해도 장애인이 미술 공부를 하기는 매우 힘들었고 그래서 기초가 부족하다는 열등감을 갖는 경우도 있다.

그러나 나는 어느 정도 기본적인 공부가 끝나면 마음과 머리로 그림을 그려야 한다고 생각한다. 보이는 사물을 그대로 따라 그릴 수 있는 기술만 익혀 그리는 그림이 아닌 '무엇을, 어떻게, 어떤 방법과 재료를 활용하여, 어떤 의미와 메시지를 표현할까'에 대해 더 고민해야 할 것 같았다. 그래서 내 안에 갇혀 있는 고정관념을 버리고 시대의 흐름과 새로움을 이해, 인지하고 모든 예술을 열린 생각으로 받아들이며, 내 안의 진정한 '나'를 찾아 표현하려는 자세가 필요하다.

나는 '장애인이 그린 그림이야.'라는 소리가 무지 듣기 싫었다. 입으로, 발로, 손목에 붓을 묶어서…… 그림을 그리는 방법에서 다소 차이가 있을 뿐인데 그것이 그림을 평가하는데 무슨 상관이 있는지 이해가 되지 않았다. 정상적으로 그리지 못해서 그림의 수준이 떨어진다는 것인지, 아니면 그렇게 힘들게 그렸기 때문에 동정과 감동을 해야 한다는 것인지 알 수가 없었다. 장애인 화가도 작가이며 예술을 하는 예술인이다. 단지 육체적으로 불편할 뿐, 그림 자체로만 냉정하게 평가받아야 한다. 또한 장애 예술가들도 '장애 때문에 이 정도밖에 할 수 없어!'보다는 예술에 있어 장애가 창작의 원천이 되어 나만의 특별함으로 진정성 있는 예술가로 질적 성장을 해야 한다. 예술 활동을 하는데 장애로 불편함은 내가 해결해야 할 문제이다. 그런 문제를 해결하고 그림을 그린다면 '장애인 화가'라고 굳이 불릴 필요는 없을 것이다.

운명적 사랑을 만나다

...

오랫동안 혼자서 그림을 그리다 한국장애인개발원에서 주최하는 '대한민국장애인미술대전'이라는 장애인계에서 가장 큰 공모전이 있다는 것을 알게 되어 작품을 출품하게 되었고 입상을 했다. 큰 상은 아니었지만 내 작품을 평가받고 입상작 전시회도 열고 그리고 부상으로 제주도로 스케치 여행을 떠나게 되었다. 장애인이 된 후 처음으로 떠나는 여행이고 게다가 비행기까지 타야 한다니…… 많이 망설였다.

자원봉사로 만난 언니가 함께 가 주겠다고 선뜻 말해 주어 새로운 경험에 도전해 보고자 처음으로 부모님의 도움 없이 물 건너 제주도를 가게 되었다. 그리고 그곳에서 자원봉사자로 온 한 남학생과의 인연이 시작되었다.

그는 사회복지학과에 다니는 학생이었고 말이 없고 듬직해 보였다. 그 당시 감기 몸살로 자원봉사를 취소할까 하다가 약속은 지켜야 한다는 생각에 아픈 몸을 이끌고 2박 3일 동안의 제주도에서 펼쳐지는 장애인 화가 스케치 여행 자원봉사자로 참여하고 있었다. 그 당시 휠체어를 사용하는 사람은 비행기, 관광버스 등으로 이동할 때 자원봉사자들이 모두 안아서, 업어서 좌석으로 이동해야 했다. 특히 나는 키가 크고 전신 마비라 몸이 늘어져 있어 체격이 좋은 장정이 아니면 안아서 옮길 수가 없다. 주최 측 담당 선생님은

"성규 씨, 2박 3일 동안 김형희 작가 전담해요. 다른 봉사자들은 감당이 안 될 거 같아. 허허허."

"네……."

'뭐야 공개적으로 창피하게……'

담당자는 그렇게 그 남학생과 나를 묶어 주었고 은근히 나도 덩치가 큰 그가 도와준다니 마음이 놓였다. 그렇게 제주도 이곳저곳을 구경할 때마다 관광버스로 이동을 했는데, 그때는 리프트 장치가 장착된 장애인 전용버스가 없었던 때라서 하루에 8~10번 이상 봉사자들이 안아서 올리고 내려야 했다. 아무리 힘이 있어도 힘든 일이라 나는 많이 미안했다.

"성규 씨가 올해는 재수가 없었네… 나처럼 제일 무거운 사람을 전담하게 돼서……."

그가 대답할 사이도 없이 그의 후배가 한마디 했다.

"무슨… 올해 운이 좋은 거지…… 누나 같은 미인을 대놓고 안고 다니는데 얼마나 좋아."

그 말에 무표정한 그가 비시시 웃었다.

제주도에서의 마지막 밤, 참가자들이 삼삼오오 모여서 연락처를 주

고받으며 이별의 아쉬움을 나누고 있었다. 그와 함께 자원봉사에 참여한 후배가 말했다.

"누나, 서울 가면 탕수육 사 주세요?"

"당근이지. 연락이나 꼭 하서."

"그럼, 전화번호 가르쳐 주세요."

1998년 그 당시는 핸드폰이 없어서 집 전화번호를 가르쳐 주었다. 우리 집은 안양이라 지역번호까지 있어 꽤 길었다. 이렇게 전화번호를 가르쳐 줘도 연락이 오지 않는 경우가 많기에 나는 기대하지 않았다. 대학생 자원봉사자들은 학기가 시작되면 자기 생활이 있어서 자원봉사에서 만난 사람은 까맣게 잊어버린다. 하지만 그에게서 전화가 왔다.

나는 약속대로 탕수육을 사 주기로 하고 약속을 했는데 같이 나올 줄 알았던 그 후배는 보이지 않았고 몇몇 지인들과 함께하고 있었기 때문에 나는 그에게 신경을 쓰지 못했지만, 그는 제주도에서 하듯 내 전담 자원봉사자로 묵묵히 내 옆을 지키고 있었다. 내가 전화번호를 불러 줄 때 무관심하고 있던 그가 나에게 전화를 한 것도 이상하고 후배 없이 약속을 한 것도 이상했다. 하지만 그는 여전히 말이 없었다.

그 후 그는 자연스럽게 내 전담 자원봉사자로 내 외출에 동행을 했다. 내가 부탁을 한 것도 아니고 그렇다고 그가 자청한 것도 아니지만 아주 자연스럽게 그를 만나고 있었다.

그때 나는 의욕적으로 새로운 삶을 살아가고 있었기에 나에게 주어지는 일은 뭐든지 다 하고 싶었다. 마침 데이터베이스를 입력하는 아르바이트를 하고 있었는데 한글 타이핑 일이 들어오게 되었다. 손가락 힘이 없는 내가 그 많은 양의 타이핑을 한다는 것이 무리였다. 그 작업은 부모님이 할 수도 없었고, 오빠들은 직장 생활로 정신이 없었다. 그렇다고 친구들에게 그 지루하고 단순한 작업을 부탁할 수는 없었다. 내가 할 수 있다고 해서 맡은 일을 못하겠다고 하는 건 무책임한 행동이라 고민하고 있을 때 그가 떠올랐다. 그는 내 어려움을 해결해 줄 수 있다는 믿음을 언제부터인가 갖고 있었다.

그에게 부탁했다. 그는 내가 무턱대고 맡은 타이핑 입력 작업을 밤을 새워서 마무리해 주었다. 그 후 그는 조금씩 내 곁으로 다가오기 시작했다. 나는 그런 그가 부담스러웠다. 일시적인 감정일 뿐 사랑이 아니라고 생각했다. 사랑은 결혼으로 완성이 된다고 생각하고 있었는데, 내 몸 하나 스스로 건사할 수 없는 나는 그 누구와도 결혼을 할 수 없는 여자라고 혼자서 결정을 내렸기에 사랑 자체를 거부하고 있었다. 내가 밀어내자 그도 더 이상 다가오지 못하였다. 그 당시 그는 대학교 3학년…… 나보다 6살이나 아래인 풋내나는 청년이었다. 그도 연락이 없었다. 나도 그를 부르지 않았다. 그렇게 우리 인연은 여기에서 끝나는 것 같았다.

"형희야, 전시회 올 거지?"

"같이 갈 봉사자가 없어."

"진작 말하지. 알았어. 내가 알아볼게. 끊어 봐."

전시를 주관하는 담당자가 단체전시회 오픈식에 나만 참석하지 못하는 것이 안타까웠는지 자원봉사자를 구해 나에게 보내 주겠다며 외출 준비를 하고 있으라고 전화가 왔다. 그리고 온 자원봉사자가 바로 그였다. 다시는 못 볼 줄 알았던 그를 보자 가슴이 뛰었다.

"어디 아팠어요? 얼굴 살 빠졌네."

나는 머쓱해서 말을 올렸다 내렸다 하며 어색하게 말을 붙였다.

"생각할 게 좀 있어서요."

예전 같으면 '야, 네가 무슨 생각할 게 있니?' 하면서 농담을 했을 텐데 이상하게 그런 말이 나오지 않았다.

"저 입대해요."

"언제?"

그를 처음 만났을 때부터 군대 가려고 휴학 중이라는 것은 알고 있었지만 입대라는 단어가 내 가슴을 허전하게 하였다. 대학 시절 입대하는 선배나 친구들에게는 무한 친절과 애정모드에 따라 나도 입대를 앞둔 그에게 잘해 주고 싶었다.

입대 전에 그는 나에게 고백을 했다. 내가 첫 사랑이고 제대 후 꼭 첫 사랑과 결혼을 하고 싶다고…… 그리고 그는 준비해 온 반지를 끼워 주며 제대할 때까지 기다려 달라고 했다. 약간 당황도 되었지만 그의 눈빛이 촉촉이 젖어 진심을 말하고 있었다. 군입대를 앞둔 그에게 심각한 얘기로 마음을 무겁게 만들고 싶지 않았다.

"알았어. 어디 가진 않을게. 근데 군에 가서도 꾸준히 노력해야 한다."

"어떻게요?"

"음… 연애편지 100통을 보내."

나는 농담으로 한 말인데 그는 정말 나에게 꾸준히 편지를 보냈다.

우린 편지에 일련번호를 매겼는데 그가 나에게 보낸 편지는 정확히 108통이다.

　그렇게 그와 나는 연인이 되었다.

첫 개인전을 열다

...

2002년 내 생의 처음으로 개인전을 열게 되었다. 전신 마비라는 너무나 크고 무거운 장애를 갖게 된 후, 나는 그림이라는 또 다른 예술세계를 발견하게 되었고, 장애인이 된 나를 안타까워 걱정하시는 고마운 사람들에게 화가로 행복한 그림을 그리며 제2의 인생을 열심히 살고 있음을 증명하고 싶었다. 아니 감사로 보답하고 싶었다.

그러나 개인전을 열기까지 3년이라는 시간들이 소요되었다. 철저한 계획과 준비, 꾸준한 인내와 창작의 열의, 체력과의 싸움, 내적, 외적으로 나를 다스리고 인내하며 고비고비를 넘기며 작품 창작에 몰두해야 했다. 그리고 전시회를 준비하는 과정에서부터 전시회를 개최하고 마무리하는 과정까지 많은 자원봉사자와 주위 분들의 도움이 필요했다.

그렇게 열게 된 첫 번째 개인전은 성공적이었다. 많은 분들이 찾아와 화가로서의 출발을 축하해 주셨다. 나는 개인전이 끝나고 큰 성취감을 얻을 수 있었고, 무엇보다 도전 의욕과 자신감이 생기면서 또 다른 꿈을 꿀 수 있는 용기가 생겼다.

과거 몸짓의 움직임으로 자유롭게 춤을 췄던 내가 생각지도 않았던 사고로 전신 마비 장애인이 되어 아무것도 할 수 없을 거라고 생각했지만, 생각과 시각의 전환으로 또 다른 나를 발견하게 되었고 그림 속에서 '움직임의 자유 찾기'를 통해 나는 이제 무대 위에서 몸짓의 움직임이 아닌, 캔버스 위에서 무용수들의 움직임을 안무하며 또 다른 춤을 추고 있다.

제1회 개인전 작가의 글에 '움직임의 자유 찾기'란 제목으로 이렇게 썼다.

나 또한 처음부터 그림을 그린 것은 아니다.
세상을 살아가는 사람들이 누구나 그럴 수 있듯이 나에게도
어이없는 상황으로 인해 원치 않는 길을 걷게 되었다.
그러면서 나는 그림이라는 또 다른 세계를 알게 되었고
지금은 나의 일상에서 그림은 사랑하는 존재가 되었다.

내가 캔버스에 표현하고자 하는 것은 여성의 아름다움과
움직임을 통한 자유다.
무대 위에서 무용수들이 움직임을 통해 자유로움을 표현하듯이
나 또한 캔버스라는 무대 위에서 나만의 자유를 안무하고자
하며 어떤 의미의 부여보다는
있는 그대로의 감정과 느낌을 전달하고자 한다.

제1회 개인전에서 모델 언니들과

결혼을 허락받다

...

따르릉… 오전 9시, 따르릉… 오후 6시.

하루에 두 번 그의 목소리를 들을 수 있었다. 그 당시 군대는 오전, 오후 두 번 선착순으로 공중전화를 걸 수 있었다. 그는 매일 1등으로 전화를 걸어 왔고 108통의 편지 못지않게 하루도 빠지지 않고 통화를 했다.

또 휴가를 나오면 가장 먼저 내가 있는 집으로 달려왔고, 짧은 휴가 때는 아예 자기 집에 가지 않고 나와 함께 시간을 보내면서 우리는 더 애틋해지고 서로에게 없어서는 안 된다는 믿음과 신뢰로 사랑을 확신하고 있었다.

그는 제대 후 바로 복학을 했다. 졸업을 빨리 해야 취업을 하고 그래야 결혼을 할 수 있다고 생각했던 것이다.

"우리 결혼해요."

"그럼 해야지."

"올해 안에 하자구요."

정신이 버쩍 들었다. 우리는 5년이라는 시간 동안 연애를 했기 때문에 당연히 결혼을 생각하고 있었고, 남편의 소원인 첫 사랑과의 결혼이 막상 현실로 다가오니 나의 장애는 너무나 높은 장벽이었다.

"내일 부모님께 말씀드릴 거예요. 당신도 부모님께 말씀드려요."

그는 결혼에 조금의 망설임도 없이 확고한 의지를 갖고 있었다. 그날 우리는 같은 날 각자 자기 부모님께 결혼을 선포하기로 하였다. 나는 식구들을 다 불러모았다.

"나, 성규랑 결혼하기로 했어요."

내 결혼 선언에 부모님은 딸의 사고 소식을 접하신 후 가장 큰 충격을 받으신 듯하였다. 엄마가 안 된다고 먼저 의사 표명을 하셨고, 아버지도 반대셨다. 오빠들은 신중히 생각해 볼 문제라며 한발 물러섰다. 우리 집에서는 심하게 반대를 하지 않으실 줄 알았는데 예상 밖으로 강경했다.

엄마는 자기 몸 하나 건사하지도 못하는데 결혼 생활을 어떻게 하려고 하며, 며느리 노릇을 어떻게 하겠냐고 걱정하셨다.

그는 부모님께 '장애인 김형희가 아닌, 여자 김형희를 사랑해서 결혼하려고 하는 것이고, 내가 사랑하는 여자가 장애로 단지 불편할 뿐이다.'라고 부모님을 설득했지만, 장애가 있는 며느리를 누가 환영하면서 결혼을 허락하겠는가…… 특히 그는 장남에 외아들로 집안을 책임지고 이끌어 갈 책무가 있었다.

시아버지께서는 애는 낳을 수 있는지 진단서를 끊어 오라고까지 말

씀하셨다고 한다. 그래서 그는 그 길로 집을 나와 나의 작업실에서 지
내게 되었고, 3개월이 흘러 시댁에서는 나를 데리고 집으로 함께 오라
고 했다며 부모님께 인사를 드리러 가자고 하였다. 시댁 부모님은 나
를 살갑게 맞아 주셨다. 이미 마음속에서는 결혼을 승낙을 하신 것이
었다. 여성 장애인들이 모두 겪는 결혼 이야기는 사람들이 상상하는 것
처럼 그렇게 막장드라마는 아니다. 시부모님께서도 장애를 받아들일
시간이 필요하셨을 뿐이다. 이렇게 우리는 2003년 5월 10일, 양가 부모
님의 축복 속에서 결혼식을 올렸다.

행복한 결혼사진

생명이 탄생하다

...

"임신 8주 되었네요."

2005년 12월 31일, 나는 자연임신이 되었다. 사실 우리 부부는 임신 기간 동안의 어려움과 출산 후의 육아, 양육 문제로 임신을 계획하지 않았지만 하늘의 뜻인지 나는 임신이 되었다.

보통 의사들은 임신 소식을 알리며 축하한다는 인사를 하지만, 담당 의사는 고개를 갸웃거리더니

"아무래도 종합병원에서 다양한 체크를 하면서 관리하는 것이 안전할 것 같아요. 제가 소견서를 써 드릴께요."

의사도 걱정이 되는 모양이었다. 이렇듯 나는 임신의 기쁨보다는 걱정과 두려움으로 눈물이 먼저 나왔고, 주변에서도 축하보다는 근심과 걱정을 더 많이 하였다.

엄마의 장애 때문에 새 생명이 환영받지 못한다는 생각에 마음이 아프고 슬퍼 우울하게 임신 기간을 보내며 어떻게 해야 하나 갈등을 많이 하게 되었다. 그러나 우연히 TV를 보는데 아이를 갖고 싶어도 임신

이 되지 않아서 힘들어하는 불임 부부들의 이야기를 보면서 하나님께서 나에게 생명을 주신 것은 선물이며 축복이라는 생각이 들었고, 내 옆에서 기뻐하는 남편을 보면서 힘들지만 함께 최선을 다해 보기로 마음먹었다.

저녁마다 남편은 부어 있는 나의 발을 마사지해 주면서 하루는
"자기야, 우리 아기 태명 용으로 하자."
"치, 내가 용이 누군지 모를 줄 알구? 당신이 요즘 빠져 있는 무협소설 주인공이잖아."
나는 심각한데 남편은 무협소설 주인공 이름으로 태명을 짓고 좋아하는 것을 보고 신경질을 냈다. 하지만 남편은 아랑곳하지 않고 말끝마다 '용아, 우리 용아.' 하며 아기에게 말을 걸었다.
"용이 착한 사람이야?"
"그럼. 용은 '영웅문'에 나오는 아주 멋진 여자 주인공인데 못하는 것이 없는 팔방미인이야."
"아직 딸인지 아들인지도 모르는데……."
"나는 딸이였으면 좋겠다…… 자기 외롭지 않고 평생 친구가 될 수 있잖아."
이렇게 우리 아기 태명이 지어졌다. 결혼 승낙을 받을 때 아기를 낳지 못하는 여자는 안 된다는 아버님 말씀에 마음의 상처와 부모님께 불효자가 되어 늘 마음 한구석에 죄책감으로 살았을 남편에게 임신 소식은 만세를 외칠 만큼 좋았을 거라 생각된다.

임신 후 어지러움이 심해 매일 침대에 누워서 지냈다. 누운 상태에서는 아무것도 할 수 없어서 무위도식하는 것 같아서 우울했다. 그러다 서서히 배가 불러오고 아기가 뱃속에서 꿈지락거리는 태동을 느끼면서 생명은 이렇게 자라려고 애쓰고 있는데 엄마라는 사람은 우울감에 빠져 있다는 것이 아기에게 너무나 죄스러웠다. 아기를 낳은 지인들에게 전화로 이것저것 물으며 정보를 얻고 인터넷을 활용하여 태교를 시작하였다.

비록 눈앞에는 보이지 않지만 태아가 뱃속에서 엄마의 감정과 행동들을 모두 느끼고 있다는 것을 알 수 있었다. 내가 열심히 태교를 하면 신기하게 아기가 반응을 보였다.

나는 행동에 제한이 많아 비장애인들이 하는 다양한 태교는 할 수 없었기에 음악 태교, 독서, 그림 보기, 전래동화, 유아동요 듣기 등등 내가 할 수 있는 다양한 태교를 하였다. 임산부 카페에 가입하여 다양한 정보 교류를 하면서 엄마가 되는 훈련도 하였다.

특히 임신 기간 내내 잘 먹질 못하였다. 내가 잘 먹지 않아서 아기가 잘 자라지 않는다는 생각이 들었다. 그래서 음식 태교를 하기로 하고 태아의 개월 수에 따라 필요한 영양소의 음식들을 찾아 먹었고, 인스턴트 식품, 패스트 푸드 음식 그리고 맵고, 짜고, 신맛이 나는 자극적인 음식은 먹지 않았다. 어지럼증 때문에 철분제를 복용하여 생긴 변비는 청국장 가루를 직접 만든 요거트에 타서 매일 먹어 해결했다.

그리고 임신 초기에는 2~3시간 간격으로 속이 쓰려 계속 음식을 먹어야 하는데 그때는 고구마나 감자를 삶아 두었다가 조금씩 먹으니 속 쓰림뿐만 아니라 입덧도 잠잠해졌다. 비타민 섭취를 위해 과일은 다양하게 매일 먹어 주었고, 단백질 섭취를 위해 국산 콩을 삶아 두유로 만들어 먹었고, 칼슘 섭취를 위해 우유는 하루에 3~4잔 정도 마셨다.

나는 좋은 생각과 예쁜 것들을 보면서 매일 하나님께 기도를 했다. 사실 나는 나의 장애 때문에 아이에게 장애가 생기지나 않을까 하는 걱정과 10개월이라는 임신 기간을 잘 견딜 수 있을까 하는 두려움으로 불안했기 때문이다.

서울대학병원 산부인과 고위험임산부실에서 한 달에 한 번씩 정기검진을 받는데, 병원의 편의시설 미비로 불편함이 많았지만 의료진의 자상한 상담과 친절한 배려로 두려움과 걱정에서 벗어날 수 있었다. 병원에서 실시한 다양한 검사에서 모두 정상이라는 결과가 나오자 심리적인 안정도 찾을 수가 있었다. 주치의 선생님은 아기보다는 산모 걱정을 더 많이 하셨다. 경수 마비로 폐활량이 작아 임신 후기에는 숨이 많이 차니 임신 초기부터 폐활량 훈련을 하라고 하셔서 나는 열심히 호흡 연습을 하였다.

처방대로 임신 기간 외출 한번 하지 않고 아이만을 위해 착실하게 보내며, 임신 32주가 되어 양수 검사를 하게 되었다. 그런데 그 전까지는 아무 이상 없는데 양수가 줄고 아기의 몸무게도 잘 늘지 않는다며 양수가 계속 줄면 아이에게 이상이 생길 수 있으니 바로 입원을 해서 지켜 보자고 하셨다.

양수과소증이나 양수비대증이 심할 경우는 아이에게 장애가 올 수도 있다고 하여 가슴이 철렁 내려앉았다. 그래서 나는 2006년 7월 4일, 근심과 걱정으로 입원을 하였다.

입원 후 나는 매일 분만실에서 초음파 검사로 양수량을 체크하였고, 태동 검사로 아이의 움직임을 확인하였다. 다행히도 입원 기간 동안 양수량은 줄지도 늘지도 않고 그대로 있었고, 아이의 체중은 조금씩이지만 꾸준히 늘고 있다고 하였다.

태아는 34주가 지나면 세상에 나와서도 살 수 있을 정도로 모든 기능들이 성숙되어진다고 하시며 수술을 결정하셨다. 수술 준비를 위한 다양한 검사가 시작되었다. 나는 특히 항생제 부작용으로 많은 고생을 하였기 때문에 더 세심한 검사가 필요했다. 그렇게 2주간(임신 33, 34주)을 아이를 위한 검사와 수술 준비를 위한 검사를 하면서 보냈다.

그리고 2006년 7월 20일 오전 8시 30분, 임신 34주 6일째 나는 수술실로 향하였다. 그동안 나는 수술을 수차례 받았건만 내 아기를 탄생시키는 수술이라서 그런지 밤새 긴장과 떨림으로 잠을 이룰 수가 없어 계속 기도를 하였다.

'하나님… 제발…… 나의 아이가 아무 이상 없이 건강하게 세상에 태어나게 해 주세요……'

이렇게 걱정을 하다가도 '아니, 전신 마비인 내가 새 생명을 탄생시킨다니…… 이게 정말 꿈이 아닌 현실일까?'

내 아기를 만날 생각에 잔뜩 들떠 있었다.

'아이에게 무슨 말을 해 줄까? 아가야…… 고맙다. 아가야…… 미안하다. 아가야…… 사랑한다.'

세상에 나오자마자 엄마 때문에 장애라는 짐을 나눠져야 할 아기를 생각하면 가슴이 미어졌다. 그렇게 많은 생각을 하는 동안 나의 침대는 분만실 앞에 도착했다.

너무도 무더운 여름, 예정일보다 36일 일찍 나는 우리 아기를 만났다. 아주 야무진 울음소리가 들리자 내 눈에서는 눈물이 주르륵 흘러내렸다.

1.84kg. 저체중에 미숙아로 태어나서 당연히 인큐베이터에 들어갈 것이라고 생각했지만 그동안 나를 쭉 지켜보신 주치의 선생님께서도 "엄마 힘들까 봐 아이가 뱃속에서 많이 안 컸네. 효녀네……." 하시며 웃으셨다. 산모, 아기 모두 건강하다고 기뻐하셨고, 소아과 의사로부터 "체중은 작지만 아주 야무지게 잘 영글었네요. 신생아실로 가도 되겠어요." 라는 정말 기쁜 소식을 들었다.

하지만 나는 아이를 작게 낳아서 아이를 볼 때마다 안쓰러워 눈물이 흘렀다. 아기에게 미안한 마음뿐인 것을 알기나 하는 듯, 우리 딸은 신생아 90%가 온다는 황달도 없었고 신생아실에서 제일 건강하고 제일 예뻐서 서울대학병원 신생아실의 얼짱, 엄지공주라는 별명까지 얻었다. 그리고 일주일 후 나와 같이 퇴원하였다.

단지 몸이 불편한 엄마의 몸에서 태어난다는 이유로 태어나기도 전에 근심, 걱정거리로 기쁨보다는 눈물로 임신 기간을 보내야 했지만, 아기는 뱃속에서 열심히 움직이며 '엄마! 힘내세요.' 라고 나에게 힘을 주었던 아기가 한없이 고마웠다. 누군가 부모는 아이를 선택해서 낳을 수 없지만 아이는 부모를 선택해서 온다고 했는데, 내 아기는 왜 장애인인 나를 선택해서 온 것일까?

장애인 엄마를 선택해 준 딸에게 한없이 미안했다. 9개월 동안 그림 한 점 그리지 못했지만 새 생명을 창조한다는 것이 진정한 예술이며 나에게는 최고의 명작이 아닌가 생각한다.

양육,
고되고 힘든 과제다

...

    딸아이 이름을 의인이라고 지었다. 의로운 사람이 되기를 바라는 우리 부부의 소망을 담은 것이다. 우리 의인이는 온 가족이 돌아가면서 돌본다. 오전에는 요일에 따라 복지관에서 보내준 산모 도우미 선생님들이 오셔서 아이 목욕, 우유병 소독, 청소를 도와주시고, 저녁에는 친정아버지, 어머니가 아이를 돌봐 주시고, 조카 미령이는 심부름을, 늦은 밤과 새벽에는 남편과 내가…… 3시간마다 우유를 먹이고 기저귀를 갈아 주어야 하기 때문에 일하고 들어온 남편은 시간이 되어도 일어나기 힘들어할 때가 많고, 나는 눈을 뜨고 있어도 아이에게 우유를 먹일 수 없어 안타까울 때가 많았다. 새벽이 되면 친정아버지는 조용히 들어오셔서 아이를 안고 거실로 나가서 우유를 먹이고 재워 주신다. 또 한 달은 시댁 부모님 집에서 돌봐 주셔서, 나는 매달 의인이가 먹어야 할 분유, 물의 량, 현재 진행된 상태, 해야 할 일들, 의인이의 상태를 꼼꼼하게 적어 가족들에게 설명하고 도움을 받았다. 모든 가족들이 힘들지만 우리 의인이를 사랑과 정성으로 돌봐 주시고, 다행히 낯도 가리지 않고 까다롭지 않고 순하게, 건강하게 잘 자라고 있어서 감사했다.

우리 의인이가 6개월이 되었다. 그동안 의인이는 분유를 먹고 자랐다. 아이에게나 산모에게나 모유 수유가 좋다고 하지만, 척수손상 장애인들에게는 '과반사증'이라는 것이 있어 방광에 소변이 꽉 차서 팽창하거나 어떤 압력에 의해 통증이 심해지면 두통이 심해지면서 혈압이 올라 뇌출혈이 생길 정도로 매우 위험한 상태를 말한다. 그런데 이 증상이 아이를 낳은 산모의 젖가슴이 불어 팽창하게 되면 나타날 수도 있다고 하여 나는 의인이를 낳고 바로 젖 마르는 약을 복용하게 되었고, 나의 딸 의인이에게 한번도 엄마 젖을 물려 보지 못했다.

그래서 늘 미안한 마음으로 아이의 이유식에 신경을 더 쓰게 되었다. 아이의 개월 수에 따라 먹어야 하는 재료들로 영양소를 체크하여 이유식을 만들어 먹이고, 장 활성을 위해 요거트를 직접 만들고 청국장 가루를 살짝 넣어 먹였다. 또 과자나 사탕, 시중에서 파는 유아용 음식은 먹이지 않았으며 유아 성장에 좋다고 광고하는 식품들에도 호기심을 배제했다.

나는 우리 의인이를 특별하거나 유별나게 키우고 싶은 생각은 없다. 그저 나의 주변에서 구할 수 있는 재료들로 나의 정성과 사랑을 듬뿍 담아 그 시기에 맞게 적용해 주는 것이 가장 자연스럽고 건강하게 잘 자랄 것이라고 생각했다.

전신 마비 장애가 있는 엄마가 아이에게 해 줄 수 있는 일은 많은 정

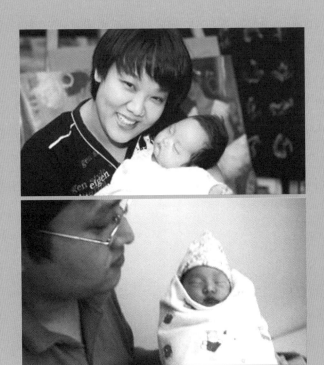

엄마와 의인, 100일째(상)
아빠와 의인, 3일째(하)

사랑해요, 엄마

보를 알고 성장 발달을 관리해 주는 일 뿐, 물론 누군가의 도움 없이는 행동으로 옮길 수 없다. 남편, 시댁, 친정 부모님, 도우미 선생님들의 도움이 절대적으로 필요했다.

하루는 도우미 선생님께 이유식을 부탁했는데 실수로 태웠는지. 그 사실을 나에게 말하지 않고 이유식 통에 담아 놓고 퇴근, 남편이 의인이에게 이유식을 먹이려고 보았더니 검정 찌꺼기와 탄 냄새가 확 올라와 무척 화를 낸 일, 의인이의 엉덩이가 자꾸 물러져 시어머니께서 천 기저귀를 만들어 보내 주셔서 사용하였는데 아이 기저귀만 따로 세탁해 줄 것을 부탁하였건만 털스웨터와 함께 세탁기를 돌려 천 기저귀에 털이 붙어 따가운 기저귀를 채워 놓은 일 등…… 내 손으로 직접 할 수 없어서 울며 겨자 먹기 심정으로 믿고 부탁한 일들이 아무것도 모르는 내 새끼에게 가해졌을 때 어미로서 마비되어 감각도 없는 손끝이 저려 오는 심정이었다. '결혼해서 아이를 낳아 키워 보면 부모의 심정을 안다.'고 하더니 나는 의인이를 낳고 나의 엄마, 아빠는 나 때문에 얼마나 피눈물을 흘리는 심정이었을지 이해가 되어 더욱 죄송스러웠다.

세월은 참 빠르게도 흐른다. 의인이가 벌써 11살이 되었다. 나는 의인이로 인해 엄마가 되었고, 부모님의 심정을 이해하는 철든 딸이 되었고, 내 옆에서 묵묵히 나를 지켜 주는 남편에게 고마움을 표현하는 아내가 되었고, 가족들의 사랑과 지지를 받아 화가, 임상미술치료사, 기획자, 강연자가 되었다. 그리고 이 세상에서 당당하고 행복하게 살고 있는 김·형·희가 되었다.

앞으로 체계적인 맞춤 교육과 제도가 활성화되어 많은 여성 장애인들에게 임신, 출산, 양육의 혜택이 제대로 돌아간다면 아이를 낳고 키우는데 큰 어려움과 두려움은 없어질 수 있을 거라 기대해 본다.

임상미술치료사에
도전하다

...

　내가 딸 의인이에게 보통 엄마들이 하는 방법으로 보살펴 줄 수 없다면 나만이 할 수 있는 방식으로 좋은 엄마가 되는 것이 현명하다는 생각이 들었다. 그래서 미술을 이용해서 할 수 있는 일을 찾기로 하였다. 그래서 찾은 것이 임상미술치료였다. 임상미술치료사 자격증 공부를 시작했다. 매주 토요일 오전 9시부터 저녁 6시까지 이론 수업과 실기 수업을 받는 교육과정인데 남편이 적극적으로 지지해 주었다.

　수업이 있는 날 남편은 아침 일찍 일어나 나의 외출 준비를 도와주고 6개월이 된 의인이의 분유와 기저귀를 챙겼다. 그리고 남편이 운전을 할 때는 의인이는 내가 앞으로 안아 안전띠로 묶었다. 칭얼대면 엄마가 힘들다는 것을 아는지 의인이는 수업 장소에 도착할 때까지 조용히 안겨 있었다.

　수업 장소에 도착, 역시 지하에 있고 엘리베이터는 없다. 그 계단을 오르내리기 위해서는 다른 사람들의 도움이 필요했다. 다행히 남자 학우가 있어 매일 도움을 받을 수 있었다.

내가 공부하는 동안 남편은 의인이와 휴게실에서 기다렸고, 점심 시간에는 계단을 다시 오르내리기 힘들어 도시락을 사다 교육실에서 먹었다. 그렇게 안양에서 서울로, 실습을 위해 대구까지 3년을 오가며 이론과 임상실습 500시간, 사례발표까지 어렵게 해내고 시험에 합격, 임상미술치료사 1, 2급, 색채치료전문가 자격증을 손에 쥐었다. 세계 최초 최중증 장애인 임상미술치료사가 된 것이다. 정말 남편의 도움이 없었다면 불가능한 일이었다. 세상에 태어난 지 얼마 되지 않은 의인이까지 고생시키면서 얻은 결실이라서 더욱 값지게 느껴졌다.

그리고 임상미술치료사 자격증 공부를 하면서 내가 처음 그림을 그리기 시작할 때의 과정들을 하나씩 회상해 보니 그림 그리는 과정이 심리적, 정신적, 육체적인 재활치유였음을 깨달았다. 흥미로웠다. 남편에게 좀 더 깊이 있는 학문을 공부해 보고 싶어 대학원에 진학하고 싶다고 말했다. 남편은 흔쾌히 그렇게 하라고 지지해 주었다.

입시공고를 보았다. 4년제 졸업자…… 순간 엄마의 예지력에 놀랐다. 사고 전 대학교 4학년, 2학기를 남겨 두고 교통사고가 났고 엄마는 다시 일어나 학교에 갈 수 있을 거라는 믿음으로 휴학 신청을 하셨다. 하지만 나의 병은 생각처럼 빨리 나아지지 않았고 휴학을 4번이나 연장하여 더 이상 휴학이 안 된다는 통보를 받았다.

그 당시 무용과를 졸업하려면 졸업 작품을 준비해 공연을 올려야 하는데 나의 몸 상태로는 불가능한 일이라 나는 졸업을 포기해야 하나 생각했지만, 엄마는 언젠가는 대학 졸업장이 쓰일 날이 있을지 모르니 학과장 교수님을 만나 졸업할 수 있는 방법을 찾아보자고 하셨다. 그리고 학교에 가서서 지도 교수님과 상담 후, 학점은 어느 정도 이수를 해 놓았으니 소논문을 제출하는 것으로 대체해 주시겠다는 방법을 갖고 오셨다. 그리고 1년 후 졸업을 하였지만 졸업식장에는 가지 못했고, 친구가 졸업장과 앨범, 그리고 학사모와 가운을 가져다 주어 가족들과 친구, 지인들을 모시고 집에서 졸업식을 하였다.

그때를 생각해 보니 나는 장애를 인정하지 못하고 언젠가는 다시 일어나 춤을 출 수 있을 거라는 믿음과 소망으로 살고 있었고, 엄마는 나를 더욱더 강하게 만들어야 한다는 생각을 하고 있었다. 딸의 장애를 받아들인 엄마의 가슴속에서 흐르는 눈물이 현재의 나를 있게 한 희망이 되었던 것이다.

대학원 최종 합격자 15명 가운데 내 이름이 있었다. 2010년 CHA의과학대학교 대체의학대학원에 입학했다. 입학식에 참석했는데 장애 학생은 나 혼자였다. 대학원 수업과 1000시간의 임상실습이 나를 기다리고 있었다. 수업이 주말에 진행되는 것이 아니라 남편에게만 매달릴 수 없어 통학을 내 스스로 해결하는 방법을 찾아야 했다. 전동휠체어, 지하철, 장애인 콜택시, 활동보조인 등 장애인이 사회 활동을 할 수 있는 환경이 많이 개선되고 있었고 쉽지 않지만 스스로 활동할 수 있어서 자유로웠다.

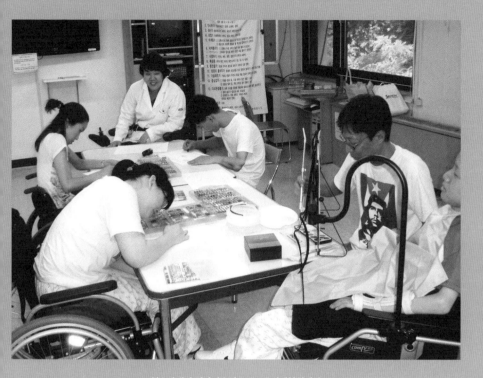

척수장애인 임상미술치료 중, 국립재활원에서

나이 먹어서 대학원 공부를 하려니 만만치 않았다. 대학 전공과는 완전히 다를 뿐 아니라 사회복지대학원이 아닌 의과학대학원이어서 임상미술치료를 의학적으로 접근하는 노력이 필요했다. 공부는 어려웠지만 하나하나 알아 간다는 기쁨이 컸고, 무엇보다 빨리 졸업을 해야 할 것 같아서 학업에 매진했다. 나는 처음부터 나처럼 중도에 척수손상를 갖게 되는 환자를 중심으로 연구하고 싶었고, 2학기부터는 국립재활병원에서 척수손상 환자들을 대상으로 임상실습을 진행하였다. 그러나 세계적으로 아직 임상미술치료 분야에 척수손상 환자의 논문 자료가 없어서 힘들었지만, 연구하는 과정에서 많은 것을 배울 수 있어서 좋았다. 나의 논문 주제는 '임상미술치료가 척수손상 환자의 우울감 감소와 재활 동기 향상에 미치는 영향'이다.

이 논문은 척수손상 환자를 대상으로 연구한 세계 최초 임상미술치료 분야 졸업논문이 되었고, 1000시간이 넘는 임상실습과 졸업시험을 통과, 총 평균 점수 4.32의 우수한 성적으로 2년 만에 조기 졸업을 하게 되었다.

졸업 후 재활병원, 장애인복지관, 장애인자립생활센터, 경로대학, 방과 후 학교 등 임상미술치료가 필요한 곳이면 어디든 달려가 임상미술치료사로 열심히 일을 했다. 다양한 계층의 임상 사례들을 접하면서 남녀노소 정말 많은 사람들이 크고 작은 문제들로 힘들어하며 절망하고 다시 일어서려는 희망보다는 그대로 포기하고 주저앉아 버리는 사람들이 많음을 알게 되었다.

나는 장애…… 그것도 전신 마비만 아니면 세상에 절망할 일이 없을 것 같은데, 사람들은 나보다 더 절망하고 나보다 더 아파하고 있다는 사실을 알게 되었다. 그러나 누구나 자신의 상처가 제일 아프고 힘든 거나…… 충분히 이해한다.

그래서 나는 임상미술치료라는 학문을 통해 지치고 상처난 마음을 위로하고 작은 희망을 찾을 수 있도록 최선을 다해야겠다고 다짐했다.

임상미술치료는 미술이라는 매체를 통해서 다양한 재료와 기법을 활용, 대상자들의 질병과 현재 상태 등을 진단하여 전문적이고 맞춤적인 프로그램을 진행하여 대상자들이 심리적, 정신적, 육체적으로 건강한 삶을 영위할 수 있도록 하는데 목적이 있으며, 의료적 치료가 아닌 대체의학적 접근으로 볼 수 있다.

요즘 자살, 성폭력, 엽기적 살인, 아동학대, 청소년 가출, 보복운전 등등…… 이것은 사람과 사람 사이에 배려와 이해가 없기 때문에 나타나는 사회문제들이다. 모든 것은 '나'로부터 시작된다. 스스로 자신을 잘 알고 있다고 생각하지만 조용히 자신의 내면을 들여다보면 자신도 모르는 또 다른 내면의 자아를 발견하기도 한다.

비언어적인 미술치료는 그리는 과정을 통해 스스로 마음을 안정시키고, 어루만져 위로하며, 피드백을 통해 무의식 속의 측은한 자아를 발견, 힘든 나를 토해 낼 수 있도록 한다. 세상에는 장애가 있든 없든, 육체적이든 정신적이든, 부자든 가난하든…… 모두 상처를 주고받고, 치유하며 살아가기 마련이다.

우리가 매년 육체적인 건강관리를 위해 정기검진을 받듯이 이제는 정신적인 건강관리를 위해 대체의학적 예술 치료로 정신건강 관리도 필요하다고 생각한다. 인간은 생각하는 동물이니 말이다.

나는 장애인이 되어 임상미술치료사라는 직업을 잘 선택했다고 생각한다. 병원 미술치료실에 들어가면 환자나 보호자들은 나를 미술치료 받으러 온 환자로 생각한다. 그러나 사회복지사 선생님이 나를 소개하면 모두들 놀라는 표정을 볼 수 있다. 그러나 같은 눈높이에서 같은 장애를 이야기 나누면서 환자들은 비장애 미술치료사들보다 더 빨리 나에게 마음을 연다. 그리고 나에게서 작은 희망의 씨앗을 발견하기도 한다.

늘 누군가의 도움만 받으며 살아야 하는 내가 이제는 누군가의 상처 난 마음을 위로하고 치유해 줄 수 있고, 그들의 가슴에 새로운 희망을 심을 수 있도록 도울 수 있다는 것에 나는 자부심과 보람을 느끼며 사명감을 갖게 되었다.

한국장애인표현예술연대를
설립하다

...

2007년 비영리민간단체 한국장애인표현예술연대를 설립하였다. 장애인, 비장애인, 모든 예술 장르의 경계를 넘어 새로운 나, 너, 우리의 삶을 표현하는 단체다.

처음 '표현미술아카데미'와 '장애 여성 화가 만들기—그녀들의 색깔 이야기' 미술교육 프로젝트로 시작하였다. 예술의 특성상 지속적인 교육이 필요하여 5년 동안 진행하였고 많은 장애인, 비장애인들이 그림을 통해 자신들의 꿈과 희망을 갖게 되었을 것이다.

또 '야외미술치료 체험—그림 속의 내 마음 찾기' '힐링캠프—지리산에서 예술의 향기를 찾다' 프로젝트를 통해 세상과 소통하고 예술을 이해하며 자신의 삶을 발견할 수 있는 기회가 되었을 것이다.

2014, 2015년의 '토탈아트 창작 움직이는 그림콘서트—그림 속, 그녀들의 이야기' 프로젝트는 모든 예술 장르의 해체와 재결합을 통해 새로운 창작물로 만든 실험 무대 공연으로 장애 여성 화가들의 삶의 이

야기를 옴니버스 형식으로 잔잔하게 풀어내어 많은 관객들에게 감동과 희망의 메시지를 전했다.

2016년의 '토탈아트 창작 실험극—춤추는 그림, 말하는 시, 사랑 실은 노래' 프로젝트는 장애예술인들의 실화를 바탕으로 재구성하여 다양한 예술 장르의 결합으로 신선하고 새로운 실험 창작극으로 탄생될 예정이다.

'예술에는 정답이 없다.' 그래서 우리 예술가들은 자유롭다. 우리 단체는 장애인, 비장애인, 다양한 장르의 예술가들이 새롭고, 재밌고, 감동적인 프로젝트를 만들기 위해 모이고, 예술놀이가 끝나면 해체한다.

'사람과 사람, 장애인과 비장애인, 세상과의 소통, 나와의 화해, 나와 너…… 그리고 우리'가 되도록 예술은 연결고리가 된다.

앞으로 우리 단체는 새롭고 창의적인 예술 활동을 통해 많은 사람들이 서로의 경계를 넘어 서로를 이해하며 함께 걸어갈 수 있는 단체가 되는 것을 목표로 하고 있다.

프로포잘을 쓰는 일부터 사업비 정산하는 일까지 내 손으로 하고 있다. 혼자서 하려니 힘이 들긴 해도 좋아하는 사람들이 모여 하고 싶은 작업을 할 수 있어서 행복하다.

토탈아트 창작 움직이는 그림 콘서트, 그림 속 그녀들의 이야기 공연 중에서

꿈, 사랑, 도전
이것이 나의 인생이다

...

꿈을 꾼다는 것은 내가 살아 있다는 증거이고,
사랑한다는 것은 내 가슴속에 작은 희망의 씨앗을 심는 것이며,
도전한다는 것은 세상과 소통하고 배울 수 있는 기회다.

나는 강연을 나가면 이런 메시지를 남긴다. 나의 인생에 있어 '꿈, 사랑, 도전'이라는 단어가 없었다면 지금의 나는 없었을지도 모른다. 우연히 시작한 그림은 나에게 꿈과 희망의 되었고, 그 꿈이 자라서 사랑의 열매를 맺어 남편과 아이를 얻었다. 그리고 도전을 통해 세상과 소통하고 배울 수 있는 기회가 되어 화가이자 임상미술치료사가 되었다.

장애는 나에게 독특하고 특별함을 만들어 낼 수 있는 '오브제'가 되었고, 나는 예술을 통해 내면과 화해했고, 사회와 소통했고, 다시 세상으로 나올 수 있게 되었다. 얼마 전 나는 8년 만에 세 번째 개인전을 열었다. 8년이라는 시간을 되돌아보니, 나는 참 부지런히 움직이며 열심

히 살아내고 있었다. 비장애인으로 살았던 23년, 장애인으로 살아가는 24년째, 이제는 비장애보다 장애인으로 살아가는 게 더 익숙할 텐데…… 그래도 가끔은 무대 위에서 돌고, 뛰고, 날아오르는 움직임의 몸짓, 자유를 꿈꾼다.

여름성경학교에 다녀온 의인이가 조용히 내 옆으로 다가와 귓속말을 한다.

"엄마…… 오늘 특별기도 시간에 엄마 걸어 다닐 수 있게 해 달라고 기도했어."

남편은 나를 데리러 온다고 약속을 하면 아무리 먼 곳에 있어도 달려온다. 그리고 혼자서 기다리고 있는 나를 보며 '우리 마누라 혼자 있었네.'라고 안쓰러워한다.

딸아이의 희망과는 달리 엘리베이터 없는 건물의 지하에서 남편의 구조를 기다리고, 그러면서도 나는 세상 밖으로 나가는 도전을 계속한다.

꿈을 꾸고, 사랑하고, 도전하고, 소망하는…… 이것이 나의 인생이다.

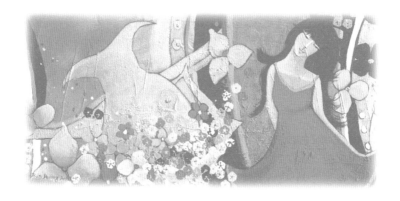

| 현 경력 |

한국장애인표현예술연대 대표
장애인 문화예술 행사 기획자
임상미술치료사
서양화가
(사)한국척수장애인 문화예술위원회 시각예술 분과위원장
(사)한국장애인미술협회 예술강사

| 학력 |

CHA의과학대학교 통합의학대학원 임상미술치료 전공 졸업
논문 〈임상미술치료가 척수손상 환자의 우울감 감소와 재활 동기 향상에 미치는 영향〉
성균관대학교 무용학과 졸업
계원예술고등학교 졸업

| 전시 |

제1회 개인전 '움직임의 자유찾기' 전(2002-경인미술관)
제2회 개인전 '꿈꾸는 여인 이야기' 전(2008-경인미술관)
제3회 개인전 '기억 속, 비밀 이야기' 전(2016-경인미술관)
세상의 하나뿐인 전시 김형희 특별초대전 '삶을 드로잉하다'(2016-이음갤러리)
부스 개인전(이형아트센터)
운보 미술관 특별기획 초대전(소리없는 메아리전)
서대문문화회관 갤러리 2人 초대전(그림으로 읽는 여인 이야기) 展
남송미술관 초대 展
밀레니엄 국제 아트 展
전국 누드크로키 展
성균관대 무용학과 동문 발표회 초대 展
경향하우징 아트페스티벌
대한민국 현대여성 미술대전 展
아름다운 몸짓 영혼 5인 展
장애인과 비장애인이 함께하는 '그림 속의 숨은 내 마음 찾기' 展
국제 누드드로잉 아트페어 展
장애인미술가의 희망축제한마당 展

장애인문화예술국민대축제 장애인미술한중교류 展
한국 여성 100년 展
에덴의 풍경 展
그녀들의 색깔 이야기 展
나를 찾아 떠나는 그림 여행 展
국제여성미술제 초대 展
한·중·일 장애인 미술교류 展
장애인 창작 아트페어
아시아 장애인 미술가 '희망 빛' 을 그리다 展
국제융합예술 展
아름다운 동행 展
JW ART AWARD 展
기타 단체, 초대전 200여 회

| 자격증 |
임상미술치료사2급(대한임상미술치료학회)
임상미술치료사1급(대한임상미술치료학회)
색채심리치료사 전문가(국제컬러테라피연맹)
(사)한국척수장애인협회 동료상담가 수료
장애인 방송아카데미 수료(작가, 드라마 과정)
(사)한국장애인미술협회 예술강사 수료

| 공연 경력 |
장애인 결혼문화 인식개선 '웨딩페스티벌' 기획
장애 여성 화가 만들기−그녀들의 색깔 이야기−프로젝트 기획
장애인, 비장애인이 함께하는−표현미술아카데미−프로젝트 기획
야외미술체험−그림 속 숨은 내 마음 찾기−프로젝트 기획
척수장애인 문화공연 나눔−3人3色−공연
힐링 캠프−지리산에서 예술의 향기를 찾다−프로젝트 기획
토탈아트 창작 움직이는 그림콘서트−그림 속, 그녀들의 이야기−기획, 공연
토탈아트 창작 실험극−춤추는 그림, 말거는 시, 사랑 실은 노래−기획, 공연

| 미술치료 강의 |

아시아 복지재단 지적장애인생활시설 대구(자유재활원) 미술치료
(사)한국장애인미술협회 장애, 비장애인 미술치료
안양시장애인자립생활센터 성인 장애인 미술치료
국립재활원 척수손상 환자 미술치료
수리장애인복지관 뇌병변 장애 미술치료
일산 동국사랑병원 척수손상 환자 미술치료
한국장애인표현예술연대 장애, 비장애인 미술치료
경인장애인자립생활센터 성인 장애인 미술치료
서대문햇살아래장애인자립생활센터 성인 장애인 미술치료
우리동네부천지적장애인주간보호센터 성인 지적장애 미술치료
평성경로대학 노인 미술치료
은광원 중복 장애 미술치료
평성어린이학교 아동 미술치료
용산행복장애인자립생활센터 성인 미술치료

| 자문 경력 |

장애인아트센터 건립(문화체육관광부)
장애인 예술 장르별 지원 방안 연구(문화체육관광부)
장애인 문화예술교육 활성화 방안 연구(문화체육관광부)
장애인 예술가 지원 방안(예술인복지재단)
장애 여성의 안전한 출산을 위한 의료서비스 지원 방안 연구(서울시, 엔진오픈20)

| TV 출연 |

KBS 아침마당, EBS 다큐 '여자', KBS 사랑의 가족, SBS 오픈스튜디오, iTV 사랑의 릴레이,
EBS 희망풍경, MBC 희망나눔 무지개, YTN 뉴스, KBS 9시뉴스, 복지TV 다큐 '마이웨이 희
망을 보다', MBC 신 인간시대, 불교방송, MBC 여성시대, CBS 함께하는 세상, M.net 배틀
신화, EBS 도전 죽마고우, 시청자 이슈, KTV 다큐멘터리 '희망', 복지TV '사람人', OBS 옴
니극장 〈이것이 인생〉